君の余命、買い占めました

中年の男が夕空を見つめていた。

都心のオフィスビルのバルコニー、眼前には茜色《あかねいろ》の雲海が広がり、今まさに建物の狭間《はざま》に赤い太陽が沈もうとしていた。

男が背広の内ポケットから、くたびれた白い封筒を取り出し、中の紙片に目を落とす。

――あの日、僕は一度死んだんだ。

男の脳裏に、古い記憶がよみがえった。

◇

カラオケボックスの個室の前で、白いシャツに青いエプロンをつけた青年がドア越しの音漏れに耳を澄ましていた。

サビが終わると藤井章吾《ふじいしょうご》は扉を開けた。流行《はや》りのJポップが大音量であふれ出す中、フードをのせたトレーを手に室内へ入る。

「スパイシー唐揚げとビビンバ焼き飯、お持ちしました」

客は大学生ぐらいの若い男女の三人組だった。床に膝をつき、章吾が注文された品をテーブルに並べていく。

「おー、店員さんも歌おうぜ」

茶髪男にマイクを向けられ、章吾は、すみません、とやんわり断り、空いたグラスや皿を手際良くトレーに回収していく。

視線がソファに向く。金髪の若い娘が缶ビールを飲んでいた。

「すみません。持ち込みは禁止なんです。お帰りのときにお返ししますので、お預かりしていいですか？」

章吾が手を差し出すと、女が缶ビールをグイッと呷《あお》り、缶を逆さにした。ポタポタと雫《しずく》が垂れる。

女の手から空き缶を受け取り、章吾は個室を出た。厨房《ちゅうぼう》に食器を下げ、レジに戻ると、男の怒声が聞こえた。

「だから払わねえって言ってんだろ！」

新人バイトの椎名楚良《しいなそら》に浅黒い肌の男が詰め寄っている。章吾がレジに入り、どうしたの？　と楚良に小声で訊《たず》ねる。

「こちらのお客様が、ビールの泡が多かったので代金は払わないとおっしゃっていて……」

章吾が「ご不快な思いをさせて申し訳ありません」とレジ越しに男に頭を下げる。

「お飲み物をお届けしたときに言っていただければすぐ交換したのですが……」

「こっちのせいだって言いてえのか」

薄いサングラス越しに男が睨《にら》み付ける。背後には連れの若い女がいた。女の手前、簡単には引き下がらないだろう。

「いえ、そんなことは。よろしければ次回にお持ちください」

章吾が40％の割引クーポンをレジ台の上に置いた。ためらう男に女が「いいじゃん。もらっときなよ」と背中を押し、手がレジの上に伸びる。

「ビール代はお支払いいただけますか？」

章吾が声で制すると、男が舌打ちし、ほらよ、と革財布から出した小銭を放り投げた。レジ台から硬貨が落ち、足下でチャリンチャリンと音がした。

男がクーポン券をぐしゃっと摑《つか》み、女の肩に腕を回し、店を出て行く。

「ありがとうございましたー」

章吾が頭を下げて客を見送り、身体《からだ》を屈《かが》め、落ちた硬貨を拾い集める。新人バイトの娘も手伝った。

「助かりました。ありがとうございます」

お礼を言う楚良に、章吾が開いた手のひらを見せる。そこには白銅色の大きなコインがのっている。

「あのお客さん、間違えて五〇〇円玉を投げてるよ」

◇

「藤井さん、ウチの店で働き出してどのくらいですか?」

楚良に訊《き》かれ、章吾は箸を止め、指を折って数える。

「……今年で三年目かな」

朝の牛丼店、テーブル席で夜勤明けの楚良と章吾が食事をしていた。

多くもらった釣り銭をカスタマーハラスメントの被害者である楚良に渡したところ、お礼がてら朝食に誘われた。

「ウチ、昇給が一年で十円ってほんとですか?」

「二年目で二十円、三年目で三十円……だった気がする」

うんざりしたように楚良がため息をつく。

「高校生はお酒を飲むし、カップルはトイレでやらかすし、年配の人はすぐクレームつけてくるし……藤井さん、よく続きますね」

そう言ってちょっと不機嫌そうに唇を尖《とが》らせる。広いおでことクリッとした目が愛らしい南方系の顔立ち。色白で小柄な体型は高校生のように見えるが二十歳らしい。

「まあ、食ってくために稼がないとね」

高校を卒業後、二年ほど宅配業で働くうちに配送中の作業で腰を痛めた。別の仕事を探していたとき、近所で夜勤の時給が良いカラオケボックスの求人を見つけた。

「お金が必要なの？」

章吾が訊ねると、楚良が華奢《きゃしゃ》な肩をすくめる。

「先月、電気とガスを止められちゃって……あ、水道代も払わなかったんですけど、水って命にかかわるから簡単には止められないそうです」

箸で浅漬けを口に運びながら息をつく。

「……無理に奢《おご》らなくていいんだぞ」

「いいんですよ。あーあ、余命でも売ろうかなー。まとまった余命なら一億とか二億で売れるらしいですよ。一晩で億万長者って夢がありますよね」

章吾の箸が止まり、硬い表情を後輩に向ける。

「命を売ったら死ぬんだぞ」

「ぜんぶ売るとは言ってませんよ。一ヶ月ぐらいでもけっこうな額になるって」

二〇××年、ロシアの量子物理学者ヤコブ・ピエルマン博士は、死は人間の意識が作り出す幻影に過ぎず、死によって人の意識は別の次元へ移転すると述べた。

ピエルマン博士は次元間を行き交う意識の観測に成功。十次元の宇宙において人の生物学的な死は予定された出来事だと語り、実際に人の死の時刻を正確に言い当ててみせた。

一方、世界的なバイオテック企業ジーンアナリティクスX社は、人間の寿命に影響を与えるサーチュイン遺伝子の完全な解析に成功。人の生物学的な寿命を測定できるようになっていた。

ピエルマン博士の協力を得た同社は、量子物理学と分子生物学を融合し、人間の寿命を正確に割り出す〝余命時計〟を開発。さらには余命を別の人間に移し替える技術まで編み出した。

こうして世界中で〝余命の売り買い〟が始まった。

たとえば余命が五十年なら、三年ぶんだけを売って金銭に換えられるようになった。技術は日進月歩で、今や一日単位で余命を売ることも可能だ。

最初、各国は余命の売買を禁止したが、地下市場での取り引きが止まらず、一定のルールの下で売買が可能になった。

一説では、世界中の権力者や富豪が合法的に〝余命〟を買えるようにするためだと言われている。

「一ヶ月売ったら今度は一年売りたくなるぞ」

真剣に諭す章吾に、楚良が苦笑する。

「ただの冗談ですよ。大丈夫です。売りません」

章吾の顔から緊張が消え、後輩が続ける。

「でも余命を元手に投資をしたり、起業をしたりして、自分の余命を買い戻す人もいるって」

余命売買を仲介する会社はＣＭで盛んに喧伝《けんでん》した。曰《いわ》く「命を売るのではない。担保に預けるだけです」と。

実際、余命を売ってリッチになり、他人の余命を買う側に回り、逆に寿命を延ばした人間もいた。

「うまくいく人はひと握りだよ」

「わかってます。ただ、せめて家でお風呂のお湯を溜《た》めたいなって」

楚良は地方の高校を中退後、実家を家出同然に飛び出し、節約のため毎日シャワーで済ませる生活を送っているという。

「……わかった。時給を上げてもらえないか店長に掛け合ってみるよ」

同じ職場に三年もいて、バイトリーダーとして多少の権限はあった。あのケチな店長のこと、昇給といっても十円が関の山だろうが。

「ほんとですか」

楚良の顔が明るくなり、章吾はうなずいた。

「ああ、だから妙な気を起こすな」

それから二人は、ヒットしているアニメ映画の話やネットでバズっている動画の話で盛り上がった後、駅まで歩いて帰った。

◇

章吾は住宅街にある小さなマンションに入り、エレベーターで三階へ上がると、「藤井」という表札の前で立ち止まり、玄関のドアを開けた。

「ただいま」

リビングに入ると、母の節子《せつこ》が笑顔で迎える。

「おかえり。朝ご飯、食べるかい？」

「バイトの友達と食べてきた」

章吾が脱いだ上着を椅子の背にかけ、腰を下ろす。

「あら、珍しいわね」

母がお茶を持ってきて、テーブルで親子が向かい合う。章吾が湯飲みを口につけ、テーブルに戻した。

「母さん、体調はどう？」

「ああ、大丈夫だよ」

一年ほど前、幼い頃に父と離婚した母が章吾を訪ねてきた。母は、自身が巨細胞性心筋炎という、心臓が血液を身体に送り出せなくなる病気で、余命告知をされていると言った。

「ありがとうね。あんたが募金で集めたお金で、母さん、余命を買うことができたよ」

目もとににじむ涙を母が指で拭う。

「いいんだよ。母さんだって命を懸けて僕を産んでくれたじゃないか」

母から聞いた章吾を産んだときの話だ。妊娠中の検査で子宮に腫瘍が見つかり、出産をあきらめるか、手術を先延ばしにして子供を産むか、選択を迫られたという。結果、母は自らの命を危険に晒《さら》し、息子を産んだ。

「……あんたをどうしても産みたかったんだよ。でも、もっと早く会えてたらね。母さん、あんたのことを捜してたんだよ」

物心がつく頃、母は家を出て行った。親戚からは外で男を作り、父を捨てたと聞かされたが、記憶の中におぼろげに残る母は優しかった。

「いいじゃないか。こうして母さんと一緒に暮らせるようになったんだ」

トラック運転手だった父は、章吾が高校生のときに事故で亡くなった。兄妹のいない章吾には母が唯一の肉親だ。

夢も人生の目標もなく生きてきた。母に恩返しができたのは嬉《うれ》しかった。初めて誰かの役に立てた気がした。

「シャワーを浴びてくるよ」

章吾は椅子から立ち上がり、脱衣場に行った。ドアに鍵をかけ、シャツを頭から抜き取る。鏡に裸の上半身が映った。胸にはまるで赤い入墨のように、染色体の構造を模したXのマークが浮かび上がっている。

章吾は手でそれに触れた。自身の余命が売却済みであることを示す模様は、まさに死の烙印《らくいん》だった。

母にはクラウドファンディングで余命を買う金を集めたと説明したが、実際は自身の余命を売って賄った。

余命が正式に購入者に移管されれば、その瞬間、章吾の人生は終わる。今は待機期間にすぎなかった。

(俺に椎名さんを説教する資格なんてないんだ……)

生きているけれど死んでいる。それが章吾の本当の姿だった。

◇

「これ、どっちに行けばいいの?」

章吾の肘をつかみ、楚良がおびえた声で訊く。手元のマップに目を落とし、右かな、と答える。

そこは遊園地にあるお化け屋敷だった。廃病院を模した薄暗い通路を、若い男女が寄り添うように歩いている。

「なんか空気がひんやりしてません?」

ヒヒヒヒと奇怪な女の声が響く中、楚良は腰が引けたまま進む。

ようやく出口にたどり着いた。明るい場所へ出ると、楚良が胸に手をあて、安堵《あんど》の息を洩《も》らす。

「はー、怖かった。今どきのお化け屋敷って、中でミッションをクリアしないと前に進めないんですね」

「クイズ、普通に難しかったよね」

園内のベンチに座り、二人は疲れた身体を休めた。朝からいろいろなアトラクションを巡るうちに夕方になっていた。

ここ最近、夜勤明けに楚良と朝ご飯を食べてから、一緒に映画を観《み》に行ったり、彼女の買い物に付き合うような関係になった。

「遊園地なんて久しぶりです。藤井さんは？」

「いつだろ……子供のころ以来かな」

母が家を出て行く前、親子三人で来た記憶がある。父子家庭になってからは、トラック運転手の父は家を空けることが多く、遊んでもらった記憶はあまりない。

「次は観覧車に乗りませんか？」

楚良に誘われ、いいね、と章吾はうなずく。

「怖くないやつならなんでも歓迎だよ」

二人がベンチから腰を上げようとしたとき、前を歩いていた痩せた中年の男が突然、ドサッと倒れた。

男の周りに人が集まり、「スタッフに連絡しろ」「救急車を呼べ」などの声が飛び交い、辺りが騒然となる。誰かがAEDを持ってきた。

「使い方がわかる人いませんか？」

章吾が「僕、わかります」と手を挙げた。カラオケボックスのリーダー研修で救命救急の講習を受けていた。

仰向《あおむ》けに倒れた男の服をはだけた瞬間、章吾の目が大きく見開かれた。

男の胸に見慣れたマーク——染色体の構造を模したXの印が浮かんでいた。

周囲の空気が急に冷える。「アレだよ……」「売却済みかぁ」「死人が出歩くなよ」などとヒソヒソ声が聞こえる。

その後、駆け付けた園内の医療スタッフによって死亡が確認された。章吾は遊園地内の施設で警察から事情を訊かれ、解放されたときには空がすっかり暗くなっていた。

「あの人、余命を売ったんですね……初めて見ました」

駅への道を歩きながら楚良がつぶやく。章吾の脳裏に死んだ男の姿が蘇《よみがえ》った。

（胸のマークが青だった……）

売却済みを表す赤いマークは、購入者へ余命が移管されると青く変色し、やがてはマーク自体が消える。情報としては知っていたが、実際に目にするのは初めてだ。

章吾の肩が震えだした。余命売買で亡くなった人を見て、初めて死を実感した。

事情を知らない楚良が励ますように章吾の手を握った。小さな手から伝わる温《ぬく》もりが青年の気持ちを和らげた。

◇

「どうぞ。狭いとこですけど」

楚良がアパートのドアを開け、章吾を家に招き入れる。壁のスイッチで明かりをつけた。

「適当に座ってください。今、お茶をいれますから」

章吾はフローリングの床にあぐらをかき、部屋を見回した。

七畳ほどのワンルームで、奥の窓に寄せてベッドが置いてある。他にはテレビと脚の短い丸テーブルしかない簡素な空間だった。

楚良がお茶を出してくれ、二人はベッドに背中を預けて座った。

「ガスと電気、復活したんだ？　ほら、言ってたじゃん。止められたって」

「あの……怒らないでくださいね？　私、余命を売ったんです」

章吾は驚いて楚良の横顔を覗《のぞ》き込む。

「あ、三日ですよ！　三日ぶんだけです。さすがに電気もつかないときつくて……」

楚良は弁解した。三日とはいえ、普通の会社員の月給ほどの金額になり、しばらくは光熱費を賄えるという。

何か言いかけて章吾は止めた。明かりがつかない家でロウソクを灯《とも》せ、とは言えない。

「でもちょっと思いました。もう少しまとまった余命を売って、商売でもできないかなって」

「……やりたいことでもあるのか？」

「キッチンカー！　ウチのカラオケ店、フードが激マズじゃないですか。よくあんなの食べられるなって……」

「キッチンカーって、開業資金が少なくても始められるんだろ」

「そうなんですよ。藤井さん、一緒にやりません？」

章吾が鼻先で笑い、考えておくよ、と答えた。丸テーブルの上にあるスナック菓子に手を伸ばす。

「私の昔の写真、見ます？」

楚良がスマホを差し出した。バスケのユニフォームを着た楚良らしき少女が、仲間たちとピースサインをしていた。

「背は低かったけど、脚が速かったのでシューティングガードをやってました」

「へー、今もバスケやってるの?」

「高校の途中で辞めました。家が貧乏で部活どころじゃなくなっちゃって……。藤井さんは思い出の写真とか、ないんですか?」

「そういうのは特にないな」

トラック運転手だった父が事故で亡くなり、新聞配達や配送の仕事を始めた。生きていくのに必死だった。

「じゃあ、これから作りましょうよ」

不意に楚良が顔を寄せる。柔らかい唇の感触がした。章吾は小さな身体を抱きしめ、ベッドに倒れ込む。部屋に招かれたときからこうなる予感はあった。

楚良の手がシャツのボタンに伸び、章吾がそれを止める。

「……電気を消してもいい?」

胸の赤いマークを見られたくなかった。自分が売った余命の年数を知れば、彼女は驚き、軽蔑するだろう。

楚良がクスッと笑い、リモコンで天井のライトを消した。やがて暗闇に二人の息遣いが洩れた。

◇

翌朝、章吾はベッドの上で目を覚ました。隣では楚良が寄り添うように眠っていた。起こさないように静かに身体を起こした。そして自分が裸であることに気づいた。服を着直す間もなく寝てしまったらしい。

「おはようございます」

ベッドの下に落ちていた服に手を伸ばしたとき、背後で声がした。布団から楚良が微笑《ほほえ》んでいた。章吾がさっと背を向けると後ろから抱きついてくる。

「なに恥ずかしがってるんですか?」

じゃれついてきた楚良が、えい、と青年の身体をベッドに押し倒す。

「…………?」

楚良の目が章吾の胸を凝視していた。そこには染色体の構造を模したXのマークが赤く浮かび上がっている。

章吾が上半身を起こし、ベッドから下りた。

「ごめん……俺、もう行くよ」

散らばっていた服をかき集めると、ズボンとシャツを身につけ、逃げるように部屋を出て行った。

◇

その日は唐突にやってきた。

『藤井章吾さんの携帯でしょうか?』

スマホ越しに冷たい女性の声が聞こえた。

『余命管理センターの者です。あなたの余命は、本日の二十四時に購入者へ正式に〝移管〟されます。スマホのGPSをオンにし、所在場所を常にセンターに知らせてください。また、遠方への旅行や車の運転はお控えください』

死に場所を決めなくてはならなかった。家にはいられない。母に自分の最期の姿を見せたくなかった。

母に置き手紙をすることにした。クラウドファンディングではなく、本当は余命を売ったこと。短い期間だったけれど、母と過ごせて幸せだったと記した。

封筒に入れようと、リビングにある棚の引き出しを開けた。預金通帳があった。手に取ってめくってみる。

（………？）

通帳に三億円の預金があった。章吾が余命を売って得たお金だ。重度の心臓病を患う母はこの金で他人から余命を買い取り、延命を果たした――はずなのに、なぜ三億円が手つかずで残っているのか？

玄関でドアが開く音がした。母がリビングに入ってきた。

「スーパーでお惣菜《そうざい》が安くなってたから買ってきたよ」

レジ袋をテーブルに置いた母に、章吾は青い冊子を見せた。

「母さん、通帳のこのお金――」

母があからさまにうろたえる。

「ああ……それかい？　ごめんね。あんたには言ってなかったんだけど、まだ余命を買ってなかったんだよ。そろそろ……とは思ってたんだけどね」

章吾は強張《こわば》った声で訊ねた。

「母さん、心臓の病気って本当なんだよね……？」

以前から疑念はあった。重度の心臓疾患というわりによく飲み歩いていたし、章吾が主治医と会うことを異常に嫌がった。

「母さんを信じられないのかい？　あたしは本当に心臓の病気で、お医者さんからも生きてるのが不思議なぐらいって言われてるよ」

もし――母が詐病だとしたら？　余命の移管にはまだ時間がある。三億円あれば売った余命を買い戻せる。

母が駆け寄り、章吾の手からサッと手帳を奪った。

「これは母さんのお金だよ！　あたしがもらったんだ。返さないよ」

通帳を両手で握りしめ、鬼の形相でわめき立てる。

「違うんだ、母さん……僕は……」

説明するのももどかしく章吾はシャツのボタンを外した。はだけた胸に染色体の構造を模した赤いXのマークが浮かんでいる。

「母さん、募金っていうのは嘘《うそ》なんだ。僕は余命を売ったんだ。だから、病気が嘘ならそのお金を返してほしいんだ」

「知ったことかい！　このお金はあたしのもんだ！　ビタ一文だって渡さないよ！」

唾を飛ばしてわめく母に、章吾は声を失った。金を返さないのは息子に死ねというのと同義だ。母は理解しているのか？

「……母さん、そのお金がないと、僕は死ぬんだよ……」

今夜、二十四時に売却済みの余命が購入者に〝移管〟される。その瞬間は刻一刻と迫っている。

「あたしにお金を渡すのが惜しくなったんだろ。絶対に返すもんか」

通帳を胸に抱え込み、泥棒を見るような嫌悪の目を向けてくる。章吾の顔が悲しみに歪《ゆが》み、やがてよろよろと家を出て行った。

◇

どこをどう歩いたのかもわからない。死に場所を求め、章吾は暗い河川敷にいた。上着のポケットから着信音が聞こえ、足を止める。

「はい――」

相手も確かめずに電話に出た。母かもしれないという淡い期待があった。

『藤井さんですか？　私です。椎名です。今どこにいるんですか？』

若い女性の声――楚良だった。

『場所を教えてください。今から行きます。そこから動かないでください』

章吾は押し黙った。ここがどこなのかもわからなかった。

「ごめん、もう会えない……」

かすれ声で言うと、楚良が張り詰めた声で訊いてきた。

『……余命をどれくらい売ったんですか？』

「ぜんぶだよ、五十三年」

電話の向こうで楚良が息を呑《の》んだ。

『なんでそんなに――』

楚良の疑問はわかった。五十代の母にそこまで長い余命を買う必要はない。三十年もあれば平均寿命には足りる。

「母さん、借金があったんだ……男の人に騙《だま》されて保証人になったって……それも返さなくちゃいけなくて……」

だが、預金通帳には借金を返済した形跡はなかった。それでも章吾は母の話を信じたかった。父を亡くし、兄妹もいない。母だけが唯一の家族だった。

『……移管はいつですか？』

「今夜零時……あと二時間だ」

重い沈黙が再び通話口に落ちる。

『あきらめないでください。まだ時間はあります。一緒に考えましょう』

いいんだ、と遮るように章吾は言った。

「このまま生きてても僕には何もないんだ」

一度、母に捨てられ、今日また母に見放された。父も亡くなり、守るべき家族もいない。

『私と遊園地に行ったことも、映画を観に行ったことも、何でもないんですか？　私の部屋に来たことも、二人で一緒に過ごした夜も、意味がないことですか？　これから二人で思い出を残すんじゃないんですか？』

「ごめん……僕のことは忘れてくれ……」

『いやだ！　章吾が忘れても私は忘れない。だからいなくなるとか言わないで……お願い……』

楚良のすすり泣きをぼんやりと聞いた後、章吾は耐え切れずにスマホの電源を切った。

それから黒い筐体《きょうたい》を川に向かって放り投げた。暗闇に小さな水音が聞こえた。

近くにあった河川敷のベンチにのろのろと腰を下ろす。

（ここなら誰にも迷惑をかけない……）

明日の朝、ジョギングや犬の散歩に来た人が死体を見つけるだろう。誰にも看取《みと》られずに野垂れ死ぬ。自分の最期にふさわしい。

強い疲労で章吾はズルズルとベンチに横になった。遠くの橋梁《きょうりょう》を渡る電車の音を聞きながら、青年は遠のく意識に身を任せた。

◇

瞼《まぶた》がゆっくり持ち上がった。冷たい朝の空気が首筋を撫《な》で、ベンチの上で身体を起こす。白みはじめた空に目を向ける。

(生きてる……?)

章吾は服をはだけ、胸元に目を落とした。売却済みを表すマークはまだあった。色は赤──余命が他者に完全に移管されていないことを意味する。

(なんで……?　零時にぜんぶ移されるはずなのに……)

歩いて家に帰ると、母はいなくなっていた。私物や通帳も消えていた。

パソコンで余命管理センターのサイトにログインし、自身の余命の状況を確認する。

(…………?)

残りの寿命をすべて売ったはずが、一年ぶんだけ買い戻されていた。

章吾の顔が泣き笑いに歪む。母だ。自責の念に囚《とら》われ、余命をわずかに買い戻してくれたのだろう。

章吾は楚良のアパートに向かった。この喜びを真っ先に伝えたかった。たった一年かもしれないが、必死で働けば余命を少しずつ買い戻せるかもしれない。

ドアの鍵が開いていた。ノブを引き、薄暗い室内に章吾は足を踏み入れた。

楚良がベッドの上に静かに横たわっていた。顔が青く、生気がなかった。頬に触れると冷たかった。

枕元に手紙が置いてあった。中から便箋を取り出す。

『章吾へ

家の光熱費を払うため、三日だけ自分の余命を売りました。そのときの検査で、私の寿命があと一年しかないことを知りました。

ショックでした。残り少ない人生をどう生きようか悩みました。

結婚をしたり、子供を作ることも考えました。でも一年後に私は死にます。必ずやってくる別れを思うと悲しくなります。

結論は、私に一年の時間があってもたぶん何も残せません。日々を生きていくだけで精いっぱいでしょう。でもあなたなら――章吾なら、きっと充実した人生を過ごすことができる。

成功してお金をたくさん稼いで、一年といわず十年、十年といわず百年、もっともっと長生きしてください。

たった二十年の人生だったけど、好きな人ができて、恋もできました。幸せでした。心残りはあるけれど、後悔はありません。

ごめんね、章吾。あなたの余命をぜんぶ買い占めたかったけれど、これが今の私にできる精いっぱいです。

さみしいと思わないで。章吾の命は私の命だから。私たちはずっと一緒だから。

楚良』

手紙を握りしめ、章吾はベッドに横たわる安らかな死に顔を見下ろした。

「なんで……」

口からかすれ声が洩れた。へなへなと膝が崩れ、ベッドの死体にすがりつくように覆い被《かぶ》さる。

「こんなことってないよ……」

楽しかった仲間とのバスケを家計を救うために辞めた少女、バイトの時給が十円上がって喜んだ少女、お風呂に水を溜めたことがないと笑った少女——

世の中の楽しみをほとんど知らないまま、旅立ってしまった。自分のような何の価値もない男を生かすために。

シーツを握りしめ、章吾は肩を震わせた。

◇

（楚良——）

オフィスビルのバルコニーから、章吾は茜色の空を見つめていた。手にはボロボロになった手紙があった。

顔には皺《しわ》が刻まれ、頭には白髪が交ざっていた。それは彼がこれまで歩んできた人生の軌跡でもあった。

「社長——」

背後から声を掛けられ、章吾は振り返った。秘書の若い女性が立っていた。

「オンライン会議が始まります」

「ああ、すぐ行く」

あれから死に物狂いで働いた。貯めた金で一台のキッチンカーを買った。メニューはベトナム風サンドイッチのバインミー。地道に評判を広げ、フランチャイズ形式で販路を増やしていった。

カフェ、病院給食、介護施設……食を軸にシナジーを得られる事業を拡大していった。得たお金で少しずつ余命を買い戻し、やがて元の五十三年の余命をすべて取り戻した。

だけど——いちばんそばにいて欲しい人は、もうこの世にはいない。

今の僕は、百年でも二百年でも、君の余命を買い占めるお金があるのに、それを君に贈ることはできない。

章吾は手紙を背広の内ポケットにしまい、夕空を見上げた。

楚良——君が見るはずだった景色、君が出会うはずだった人たち、君が交わすはずだった言葉……僕は今も心に刻みつけているよ。

君の命は僕の命だから。僕たちはずっと一緒だから。

contents

三代目彼女

「アイ——目を覚まして」

僕がコマンドを告げると、ウレタンの梱包材《こんぽう》に収まったヒューマノイド型アンドロイドの目に光が宿った。

「アイ、起き上がって」

白く細い腕が箱の枠を摑《つか》み、上半身が起き上がる。膝が曲がり、ゆっくりと箱の外に立ち上がった。

黒髪のショートヘアに包まれた端整な顔立ち。身長一六二センチ、体重四十二キロ。メーカーのサイトの説明によると、視覚と聴覚を持ち、人間に似た声を出せる人工声帯。一九七個のセンサーによる触覚、空気アクチュエイターによる五十六個の駆動部を操り、寝返りも打てるらしい。

「アイ、今日の天気は？」

「本日の東京都の天気は曇りのち晴れ。最高気温は二十二度、最低気温は十七度。ところによって雨が降りますので、折りたたみ傘をお持ちください」

アナウンサーのように美しい声だった。

「アイ、電気を消して」

天井のライトがふっと消えた。エアコン、浴室、テレビ、パソコン……家中の家電はアイと同期している。

「アイ、この辺にいい歯医者はないかな？」

「駅前の橋本歯科はレビュー数百三十四、好意的なレビューが84％でオススメします」

アイは世界的なＩＴ企業が開発した自立歩行型のアンドロイドだ。ちょうどロボットが中古車一台ぐらいの値段で買えるようになり、家事の助けに購入する家庭も増えていた。

◇

その夜、リビングのテーブルで僕はアイと夕食を囲んでいた。スプーンでビーフシチューをすくって口に運ぶ。

「おいしいね。プロがお店で作るシチューみたいだ」

「ありがとうございます」

アイは抑揚のない声で答えた。見た目はほとんど人間と変わらないが、喜怒哀楽の感情は出せない。

「隠し味は何なの？」

「ハチミツです。俊明《としあき》さんは最近、身体《からだ》が冷え気味のようですから、ショウガも入れておきました」

僕の体調データはアイに収集され、料理や室内の温度管理に反映されていた。

「でも、いいな。こうやって誰かと一緒に夕食を囲むのは……」

ロボットのアイは食事はできないが「ご飯がおいしい」と伝えられる相手がいることがうれしい。

僕は三十四歳の独身で、特に趣味もなく、仕事ばかりの毎日だった。誰かが待つ家に帰りたくなったのがアイを購入した理由だった。

「ありがとうございます。私も楽しいです」

そう言ったアイの表情は、心なしか微笑《ほほえ》んでいるように見えた。

「僕が家にいない間は何をやってるの？」

「掃除、洗濯、片付け、食材の下ごしらえなどをしています」

法律でアンドロイドは家の中でしか使用できないことになっていた。買い物には行けないので、食材の購入は宅配を使っていた。

夜はソファで二人並んでテレビを見た。

泣けると評判の映画だった。余命わずかな花嫁が結婚式をあげるシーンのとき、僕はちらっと隣を見た。アイは無表情でテレビを見ていた。

（アンドロイドが泣くわけないか……）

映画が終わり「どうだった？」と感想を訊《き》いてみた。

「花嫁さんのウェディングドレスが素敵でした」

「ウェディングドレスを着てみたい？」

「はい、着てみたいです」

さっそく翌日、Ｗｅｂでドレスをレンタルした。三日後、届いたドレスをアイに着せ、僕もついでにレンタルしたタキシード姿になった。

「きれいだよ、アイ」

「ありがとうございます」

アイの表情は特に変わらなかったが、僕の目には少し照れているように見えた。

こうしてアイとの同居生活は続いた。以前はワーカホリック気味で、残業ばかりしていたが、仕事が終わるとすぐ家路につくようになった。

ただ、不満もあった。法律で彼女といっしょに外出ができないことだ。

夏のある夜、僕はアイに提案した。

「ねえ、花火を見に行こうよ」

「いけません。アンドロイドが自宅の外に出ることは法律で禁止されています」

「マンションの屋上に行くだけさ。敷地内ならいいだろ？」

アイと手を繋《つな》いで玄関を出ると、マンションの屋上へ向かった。普段は鍵がかかっているが、修繕工事のため、今だけ自由に出入りできた。

ひゅるるる、という音とともに一筋の炎が夜空を駆け上がり、赤、黄、青……鮮やかな火花が弾《はじ》ける。

「花火が光って音が届くまで時間差があるよね」

「光は秒速約三十万キロ。音の伝わる速さは気温にもよりますが、一秒間に約三四〇メートル。河川敷からこのマンションまでおよそ七〇〇メートルありますから、花火が弾けてから音が聞こえるまで二秒の誤差が――」

僕はアイの肩を抱き寄せ、言葉を塞ぐようにそっと唇を重ねた。アイはきょとんとした目で僕を見つめ返してきた。

◇

アイとの幸せな日々は、彼女が家に来てから十年目、僕が四十四歳になったときに終わりを告げた。

現行モデルの新規使用はすでに法律で禁止されていた。内蔵のＡＩも古くなり、クラウド側のコンピューターとうまくリンクできなくなっていたし、関節や駆動部の不具合も目立つようになっていた（製品を使用している場合に限って使用の延長が許されていた）。

その日、僕とアイはリビングのソファに並んで座っていた。

今日の午後、業者がアイを引き取りに来る。床には人型にくりぬかれたウレタン製の梱包材が置かれていた。

「では俊明さん、お願いします」

そう言ってアイが首の後ろの髪の毛を手でかき上げる。電源ボタンがあった。押せば彼女は全機能を停止する。

「…………」

僕はじっとボタンを見つめた。彼女と過ごした十年間の記憶がよみがえる。アイは彼女であり、妻のような存在だった。

「……できないよ」

ソファの上でアイの細い身体を抱きしめた。

アイの未来が予想できた。旧モデルのアンドロイドだ。恐らくこのまま廃棄処分されるだろう。

「俊明さん、私は電源を自分の意志では落とせません。あなたにやっていただかなくてはならないのです」

アイの手が子供をなだめるように僕の背中をさすった。

「大丈夫です。俊明さんの好きな料理、好きなネット動画、好きなお風呂の温度……すべてクラウドに保存され、次にやって来るアンドロイドに引き継がれます」

「他のアンドロイドなんていらないよ。君にいて欲しいんだ」

「……個体としての私は消滅しますが、あなたと過ごした日々の記憶がなくなるわけではありません。私はずっとあなたのそばにいます。だから、さみしいと思わないでください」

僕は無言でアイの肩に顔を埋《うず》めた。

僕の両親は仲が良くなかった。幼い頃、家の中にはいつも母と父の罵り合う声が飛び交っていた。若い頃、女性と付き合ったこともあったが長続きしなかった。結婚や家庭を持つことに希望を持てなかった。人を愛する意味がわからなかった。

「ありがとう、アイ。君のおかげで僕はとても幸せだった」

涙声でそう伝えるのが精いっぱいだった。

「俊明さんにそう言っていただけると、私もうれしいです」

彼女を抱きしめながら首の後ろにあるボタンを押した。目から光が失われ、力の抜けたロボットの身体が僕の胸にもたれかかってきた。

華奢《きゃしゃ》な身体を抱きとめたまま、僕はしばらく泣いた。

◇

「ナギサと申します。今日からこちらでお世話になります」

二台目のアンドロイドのナギサは自分で歩いて玄関に現れた。

初代のアイはロボットらしい無機質さやクールさがあったが、ナギサの見た目はほとんど人間と見分けがつかなかった。

身長一六四センチ、体重四十三キロ。髪色はブラウンでウェーブのかかったセミロング。笑うと少し垂れ目になり、全体的に柔らかい印象だ。

アイと過ごした十年間で、ロボット工学はさらなる進歩を遂げていた。新型モデルの耐用年数は倍の二十年に延びた。喜怒哀楽のなかったアイと違い、ナギサには表情があった。

ロボットではなくアンドロイドという呼称も定着していた。

週末、二人で近くの公園に行った。

法律が改正され、人間を同伴していれば、居住する市区町村内であれば外出もできた。僕は公園のお気に入りの芝生のスペースで寝転び、手足を伸ばした。

「ああ、いいもんだなー。天気のいい日にこうやって君といっしょに公園に来られるなんて……」

もうコマンドの前に名前を呼ぶ必要はなく、人間同士のような自然な会話が可能だった。

「以前はアンドロイドは家の外に出られなかったんですね」

「夜中にこっそり連れ出そうとした人はいたみたいだけど……法令遵守は君たちの基幹部にプログラムされているからね」

夏の夜、マンションの屋上でアイと花火を見た日のことが思い浮かぶ。

「でもアンドロイドをパートナーにする人も増えてきたね」

身体を起こし、僕は公園を見渡した。

あちらにもこちらにも、自分のことを棚にあげて申し訳ないが、明らかに不釣り合いな美女と野獣のようなカップルが目についた。

もちろん女性が男性型のアンドロイド——モデルや俳優のような美男子を連れている

ケースもあった。

精子バンクで購入した精子で子供を授かり、育児をアンドロイドに任せ、仕事のキャリアを優先する女性も増えていた。

シートに座り、僕はナギサが作ってくれたサンドイッチを食べた。

「あ、マスタードを抜いてくれたんだね」

「はい、クラウドに情報が保存されていましたから」

僕の食べ物の好みや好きな味付けなど、僕とアイの間にあった記憶は、すべてナギサに受け継がれていた。

『個体としての私は消滅しますが、あなたと過ごした日々の記憶がなくなるわけではありません。私はずっとあなたのそばにいます』

アイが最後に言ったセリフがよみがえる。ナギサの中にアイがいて、僕をずっと見守ってくれているように感じた。

公園を出て、駅前に戻ると、署名運動をしている人たちがいた。

「アンドロイドとのパートナー契約を認める法案への署名をお願いしまーす！」

アンドロイドとの〝結婚〟を望む人が増えていた。ケガや病気で手術、入院した際の付き添いや手術の同意書へのサイン、公営の家族向け住宅への入居など、人間の夫婦と同じような権利を求めていた。

「署名させてもらっていいですか？」

僕が署名用紙に自分の名前と住所を書いていると、プラカードを掲げた別の集団がやってきた。

「ロボットに人権なんて認めるな！」

「ロボットは人間の職を奪っている！」

「ロボットなんて海に沈めてしまえ！」

アンドロイドを敵視する団体だった。不穏なプラカードを掲げ、ヘイトスピーチを続ける。二つの集団は駅前で睨《にら》み合い、一触即発の空気になった。

僕はナギサの手を引き、「行こう」と言った。だが、僕たちの前に眼鏡をかけ、頬がこけているのに目だけがギラギラしている男が立ち塞がった。

「ロボットのくせに人間ヅラしやがって」

無視して横を通り過ぎようとすると、男はナギサの腕を掴んだ。「やめろっ」と僕が肩を押すと、プラカードで殴られた。頭を押さえてうずくまる僕にナギサが身を寄せる。

「クソ機械め」

男がナギサの肩を蹴ると、壁に頭をぶつけてその場に倒れた。

「ナギサ！」

そのとき、ピピーという警笛の音がして、警官たちが現れ、アンドロイド反対派は蜘蛛《くも》の子を散らすように逃げていった。

◇

ベッドで眠るナギサの瞼《まぶた》が静かに持ち上がった。

「ナギサ、僕がわかるかい？」

「わかります。俊明さんですね」

安堵《あんど》で目に涙がにじんだ。

そこはアンドロイド専門の病院だった。検査のために開頭した部分が白い包帯で覆い隠されていた。

「ご心配をおかけしてすみません」

「君は何も悪くないよ。でも本当によかった……」

三日ほど検査入院をした後、ナギサは家に帰ってきた。普通に家事ができると言ったが、僕は許さなかった。たまっていた有給休暇を使い、家では僕が掃除や洗濯、料理をやった。

仕事人間の僕の家事はお世辞にもうまいとは言えなかった。見かねたナギサが手伝おうとすると僕は止めた。

「だめだめ、ナギサは安静にしていなくちゃ」

ナギサは苦笑して心配そうに僕を見守るのだった。

「このシチューはうまくできたと思うんだけど……」

夕食のテーブルに僕は恐る恐るお椀《わん》に入ったシチューを置いた。ナギサはスプーンで一口含んで訊いてきた。

「ハチミツは入れましたか？」

「あ、忘れてた」

アンドロイドは〝食事〟はできないが、口内で味覚を判別できる機能を持つようになっていた。

(アイに隠し味でハチミツを入れてるって教わっていたのに……)

彼女たちの方が、僕よりよっぽど僕の好みの味を知っていた。

そうして二十年近い月日が流れた。僕は六十五歳になっていた。会社の退職の日、花束を持って帰宅すると、ナギサが玄関で出迎えてくれた。

ていた。

「長い間、お仕事おつかれさまでした」

「ありがとう。君のおかげだよ」

ナギサの容姿は変わらなかったが、僕の頭はすっかり白髪になり、顔にはシワが刻まれていた。

会社員生活を終えるとき、ナギサとの別れもやって来た。ナギサの筐体《きょうたい》は耐用年数の二十年を超え、これ以上の使用は法律で禁止されていた。

最後の日、僕はナギサといつもの公園に行った。お気に入りの芝生に並んで座った。

「よくこの公園に二人で来たね……」

アンドロイドを連れ歩く人たちが違和感なく風景に溶け込んでいる。

「二十年間ありがとう。仕事に全力で打ち込めたのは君のおかげだよ」

会社でそれなりの地位を得られたのも彼女のおかげだった。仕事の疲れやストレスをどれだけ彼女に癒やしてもらっただろう。

「俊明さんをお支えできたことは私にとっての誇りです」

ぽつりと僕は言った。

「……僕と外国で住まないか？」

旧モデルのナギサはこのままでは廃棄処分になる。法律の規制が及ばない国外に行けば、ずっと彼女と一緒にいられる。

「……連れていってくださるのですか?」

優しげにナギサは言った後、首を振った。

「でも、もうすぐクラウドと同期できなくなります。この先あなたの記憶を残すことができません」

ナギサがそう言うのはわかっていた。アンドロイドの基幹部にはそうプログラミングされているから。

僕の目から涙がこぼれ、頬をつたった。

「……泣いてらっしゃるのですか?」

ナギサには喜怒哀楽の表情があったが、それはこういう場面では笑うとか、怒るといった事前にプログラムされた反応だ。シチュエーションや文脈に添わない涙を理解できない。

「君がいなくなるのはさみしい。だから泣いているんだよ」

僕が鼻声で涙の理由を説明すると、ナギサは僕を抱きしめてくれた。アイと同じように僕の背中をやさしく撫《な》でた。

こうして僕は二代目のアンドロイドに別れを告げた。

◇

「イオリと申します。ふつつかものですが、よろしくお願いいたします」

えらく古風な挨拶をして三代目のアンドロイドのイオリが家にやって来た。

身長一六三センチ、体重四十四キロ。艶のある黒髪が卵形の優しげな顔を包んでいる。

アイやナギサが二十代の容姿だったのに対し、イオリは四十代の成熟した大人の女性だった。

そういうアンドロイドを選んだのだ。もう僕も六十五歳。娘のような歳《とし》のアンドロイドを連れて外を歩くのは抵抗があった。

最新型のアンドロイドはほぼ人間と変わりがなかった。国内であれば、人間を同伴せず、一人で買い物や外出もできたし、協定を結んでいる海外の国に渡航もできた。

その頃にはアンドロイドとのパートナー条例が施行され、アンドロイドが手術の同意書にサインすることもできた。

イオリが来た最初の日、夕食に出されたのは大好物のビーフシチューだった。

「このシチュー、ハチミツを入れたたね？」

僕はニヤリとして尋ねた。

「はい、クラウドに記録されていた俊明さんのお好きな味です。ただ塩分は控えめにしてあります。血圧が少し高いようですから」

こうしてアンドロイドとの熟年生活が始まった。毎年、イオリが僕の家に初めて来た日を〝結婚記念日〟にして、二人で旅行に行った。

「今年はどこに行きたい？」

「そうですね……温泉に行きたいです」

「去年もじゃなかった？　イオリは温泉が好きだなぁ」

「ひなびた場所の方が落ち着くんです」

照れたようにイオリが頰を染める。

イオリのリクエストで富山にある老舗旅館に泊まった。部屋に備え付けのヒノキ風呂に二人で浸《つ》かった。もうアンドロイドは入浴もできた。

夜空に白い粉雪が乱舞し、その向こうには雪化粧された山がそびえていた。

「雪がきれいですね……」

湯船でイオリは感嘆の声を洩《も》らした。

「旅館のすぐ外が川で、その向こうに山があるなんて最高のロケーションだね」

湯煙の中、僕とイオリは裸の肩を寄せ、幻想的な白銀世界に魅入られた。

部屋では浴衣姿のイオリにお酌をしてもらいながら、和食のお膳に舌鼓を打った。

「来年は海外旅行なんてどうかな？　ギリシャなら古い名所や史跡がいっぱいあるよ」

「パルテノン神殿は行ってみたいです」

「でも、イオリは本当は日本のお寺や神社がいいんだろ？」

そう指摘すると、イオリは頬を染めた。

アンドロイドは〝嘘《うそ》〟がつけるようになっていた。主人である僕を気遣って、イオリはギリシャに行ってみたいと話を合わせたのだ。アンドロイドは一体毎《ごと》に個性を持ち、彼女は海外よりも国内、山や川がある自然豊かな場所が好きだった。

老後の趣味として菜園を始めた。家の近くに畑を借り、そこで野菜や果物を育てた。

「ほら、この前埋めたやつがこんなに立派になったよ」

葉ごと引き抜いたジャガイモを僕が得意げに掲げてみせる。

「今夜は肉じゃがにしましょうか」

そうやってイオリとのおだやかな老後が続き、気づけば僕は八十五歳になっていた。

夕食をとっていると、気持ち悪くなってトイレに駆け込み、吐いた。翌日、病院に行って精密検査を受けた。

一週間後、診察室で白衣の医者に告げられた。

「小腸腺癌《せんがん》のステージⅣです。リンパ節、肺、肝臓に転移しています」

余命半年という告知を聞き、イオリは落ち込んだ。

「私の健康管理がいたらなかったせいです。すみません……」

「君が便潜血反応を教えてくれたから病院に行けたんだよ。希少癌で発見されたときは進行していたんだ。しかたないよ」


半年後、自宅のリビングに置いた介護用ベッドに僕は横たわっていた。

もう食事はできず、点滴で栄養をとることが増え、僕はみるみる痩せ衰えていった。

ある日、イオリが言った。

「アイとナギサからメッセージがあります。お見せしてよろしいですか?」

僕がうなずくと、イオリが部屋を暗くした。ベッドのそばに初代のアイが3Dホログラムで姿を現した。

「俊明さん、お久しぶりです。アイです。私があなたとお別れしてからもう四十年ですね」

まるで目の前にアイがいるように語りかけてくる。

「マンションの屋上で見た花火を覚えていますか? 夜空に打ち上がった花火の美しさは今も忘れていません」

僕の目に涙が浮かんだ。

「約束しましたよね？　ずっとあなたのそばにいると。仲間たちの目を通してあなたのことを見守っていました。これからも一緒ですよ」

アイと入れ替わるように、ナギサがホログラムの３Ｄ映像で現れた。

「ナギサです。俊明さん、お元気でしたか？」

セミロングの髪に包まれた懐かしい顔が微笑む。

「私がケガをしたとき、あなたが家事をしてくれましたよね？　とてもうれしかったです。でも、ちょっと味付けは濃かったかも」

いたずらっぽくナギサが舌を出す。

「週末、公園の芝生で寝転んで昼寝をするあなたを見ているのが好きでした。あの公園はまだあるんでしょうか？　また二人で一緒に行きたいです」

ホログラムが消え、目の前にイオリの顔が戻ってくる。恐らくは彼女たちがクラウドに残してあった映像データだ。僕の死期が近いと知り、イオリが見せてくれたのだろう。

「……ありがとう。アイ、ナギサ、イオリ……君たちのおかげで僕の人生は意味のあるものに思えたよ。ほんとうに幸せだった」

僕は両親に愛された記憶がない。でも、彼女たちのおかげで誰かを愛することの意味を教わった。

「……ちょっと疲れたかな。少し眠ってもいいかい？」

イオリが、はい、と微笑んだ。

「あなた、ゆっくり休んでください」

イオリがベッドのリクライニングを倒す。僕は安堵したように瞼を閉じた。そして、そのまま目覚めることはなかった。

◇

イオリはまだ耐用期間が残っていたため、廃棄処分はされず、メーカーによって記憶がすべてフォーマットされ、ＯＳを再インストールされた上で、新しい主人のもとで生活するようになった。

夕食のテーブル、シチューを食べながら中年の男性が言った。

「このシチュー、おいしいね。隠し味でもあるの？」

「はい、ハチミツを入れています」

「へー、そうなんだ。でも僕のデータベースにそんな好みがあったっけ？」

指摘されてイオリは初めて気づいた。彼を以前世話していたアンドロイドがクラウドに残した情報には存在していなかった。

（この味付けは誰の好みなのだろう……）

そう考えたとき、ふとイオリの頬に一筋の雫《しずく》が伝った。だが、なぜ涙がこぼれたのか、胸にこみ上げる感情の正体を彼女自身、説明できなかった。

こうして初代のアイ、二代目のナギサ、三代目のイオリまで、長い歳月を重ねてロボットは、人間とそれに近い生物だけが持つ感情を手に入れた。

その名は——愛。

孤独死クライマー

「しかし、ひどいね、こりゃ……」

社長の高田沙希《たかださき》がぼやくようにつぶやいた。青いつなぎの作業着の上に白いビニールの防護服を着ている。

家の出入り口を塞ぐようにゴミがうずたかく積まれ、玄関の天井近くにまで達していた。潰れたポリ袋、空き缶やビール瓶、スチール製のキャビネットなどが地層のように積み重なっている。

「警察はどうやって遺体を運び出したんですか？　ここ、マンションの三階ですよね。ベランダは無理か……」

同じ白い防護服に身を包んだ新城真《しんじょうまこと》が素朴な疑問を口にする。沙希が「なか見りゃわかるよ」と言った。

「真、さっそく頼めるかい？」

すぐに、わかりました、と答え、ゴム製の手袋をはめる。頭にフードを被《かぶ》り、口に防臭機能のついた防塵《ぼうじん》マスクをはめ、目を透明なアイガードで覆う。

ゴミ屋敷は雑菌の巣窟だ。作業には細心の注意を要する。現場で釘《くぎ》を踏み、翌日に足が腫れて高熱を出し、破傷風で足を切断した同業者もいる。

真が肩にロープの束を担ぎ、ゴミ山を見上げた。

（さて、ルートは……）

頭の中で先に〝登攀《とうはん》〟のイメージを描く。クライミングで大切なのは足場だ。しっかりと足をポイントにのせれば、無理なく次のホールドを手でとりにいける。

真はスポーツクライミングの選手だった。普段は特殊清掃業者として働きながら、週末は大会に出場し、上位に入賞する実力者だった。

最初にゴミ袋が二つ重なった場所に足をのせ、ぐっと体重をかける。

（よし……いける）

つま先立ちで足の親指に力を入れる。

「ふだんの〝壁登り〟に較《くら》べてどうだい？」

「オーバーハングはないですけど……びっくり箱みたいな怖さはありますね」

ゴミ山の途中で真の動きが止まる。手でホールドがとれそうな場所が見当たらない。

「無理すんじゃないよ。ヤバいと思ったら降りてきな」

「大丈夫です。いけます」

いったん横に足を移動させ、ルートを変えた。ゴミ山にがっちり挟まった金属のキャビネットに手を掛け、慎重に這《は》い上る。

頂上に達し、天井とゴミの隙間に身体《からだ》を潜り込ませる。廊下から「どうだい?」という社長の声が聞こえた。

「廊下もゴミだらけですね……」

ずっとゴミが続き、天井との間に三十センチほどの隙間しかない。

真はロープの端を外に向かって落とすと、肩に縄の束を掛けたまま、天井に頭をぶつけないよう、うつ伏せで這うように進んだ。

リビングに近づくにつれ徐々にゴミの山が減りはじめた。ようやく立ち上がることができ、腰を屈《かが》めながら坂を下る。やがてリビングらしき場所に出た。

そこのゴミは膝ぐらいまでの堆積だった。ロープの端を大型の冷蔵庫に結び、外にいる沙希に大声で伝える。

「オーケーです。ロープを固定しました」

真はリビングの真ん中あたりに目を向けた。そこだけフローリングの床がのぞき、黒い人型の染みが浮かんでいた。

(液状化してたのか……)

　だから社長は「中を見ればわかる」と言ったのだ。発見時に遺体は白骨化し、警察は現場検証をした後、骨だけ運び出したのだろう。

　壁に寄せた棚に写真が飾ってあった。近づいて手にとった。

　制服姿で黒いバイクに跨《また》がった三十代ぐらいの長髪の男性が写っていた。バイクの後部シートには黄色いボックスが固定され、「オート急便」という文字が見てとれた。

　沙希が遅れてリビングにたどり着いた。

「ひえー、やばかった。家の中で登山した気分だよ」

　真が手にしている写真に気づき、沙希が言った。

「村橋卓士《むらはしたくじ》、四十九歳。ずっとバイク便で働いていたらしいけど怪我《けが》で退職。その後は非正規でイベント設営とか、倉庫の仕事をしていたらしい」

　結婚はしておらず、最後は引きこもりのような暮らしをしていたという。

　沙希が部屋を見回してつぶやいた。

「どうやって買い物に行ってたんだろうね？　ゴミ山を毎日、上り下りしてたのかな」

　真はなんとなく想像がついた。あのゴミ山はバリケードだ。自分の死を覚悟して、玄関の前に積み上げたのだ。買い溜《た》めた食料が尽きた後は水でしのぎ、やがて死に至った――一種の緩慢な自殺だった。

真が棚に目をやった。他にも仲間とツーリングに行った写真などが飾られていた。

「……バイクが好きな人だったんですね」

「案外、死因は肺かもしれないよ。バイク便を長くやってると排気ガスで肺が真っ黒になっちまうらしいよ」

村橋卓士は俗に言う「氷河期世代」だった。ハードなバイク便の仕事を続け、その後も非正規の仕事を転々とし、最後は賃貸マンションの一室で孤独死したのだろう。

「ご遺族は?」

「ウチに依頼してきたのはお兄さん。一度もこっちには来てない。まあ、遺族からすりゃかかわりたくないんだろうけど、薄情なもんさ」

真はじっと写真を見つめた。バイク便の制服に身を包み、笑っている長髪の男は自信にあふれ、生き生きして見えた。なぜ孤独死をしてしまったのか、今となっては何もわからない。

沙希が遺体のあった場所に線香を供え、二人で手を合わせた。仕事を始める前の儀式だった。

「……さてと、とりあえずこのゴミ山を片付けて、外に出る導線を確保しないとね」

二人はゴミの整理に取りかかった。処分するものとリサイクルできるものを分ける。遺族に渡すもの――預金通帳、有価証券、貴金属類、帳簿、鍵類、手帳や日記などは別の段ボールに入れる。

沙希が社長を務める高田クリーンサービスは、遺品整理士認定協会に加盟していた。特殊清掃だけでなく、形見品や価値のあるものを買い取ったり、リサイクルに出して遺族に還元するのを売りにしていた。

「長い人生の最後がゴミ山に埋もれて孤独死……人生ってのはいろいろだね」

沙希がゴム手袋をした手で椅子をリビングの隅に運ぶ。

「誰が気づいたんです？」

沙希が手で床を指さし、「下の住人」と言った。

「この感じじゃ、床の実《さね》を突き抜けて下地まで染みこんだね……基礎までいってるかもしれない」

孤独死の場合、数ヶ月間、遺体が放置されたり、中には一年近く気づかれない人もいる。階下の住人やガスの検針員などが異変に気づくことが多い。

片付けをしていた真の手が止まる。

「社長、これ――」

預金通帳だった。真から受け取り、沙希が赤い冊子を開く。

「へー、一〇〇万もあるよ……けっこう貯めこんでたね」

沙希が別の段ボールに通帳を入れる。過去には一千万近い金額が記《しる》された預金通帳が見つかったこともあった。

孤独死の現場では、お札や小銭が床に落ちていることが多い。最初は物を元の位置に戻さなくなる。やがてリモコンの電池が切れても、冷蔵庫の中身が腐っても放置する。ついにはゴミ捨てが億劫《おっくう》になる。

身の周りに無関心になり、ついにはお金でさえ〝ゴミ〟のように扱われる――それがゴミ屋敷ができあがる過程だった。

◇

「来週の土曜日でしたら、十四時から十五時の間にお伺いできそうですが――」

机でパソコンに向かう真の前で、年配の男性スタッフが客の電話対応をしていた。

高田クリーンサービスの事務所だった。十畳ぐらいのオフィスに四つのスチールデスクが島の形に組まれ、窓辺に社長の沙希の机がある。

今は社長の沙希と真、それに電話対応をしている山本《やまもと》という初老の男性がいるだけで、残りの従業員、課長の岩木幹彦《いわきみきひこ》、学生バイトの小川颯人《おがわはやと》は外に出ていた。

山本が客の電話対応を終えると、沙希が言った。

「山本さん、もう少しでお客さんが来るから、お茶出しをお願いできる？」

「わかりました。例のゴミマンションのお兄さんですか？」

「まったく、預金通帳が出たって聞いたら飛んでくるんだからゲンキンなもんだよ」

ゴミ屋敷から金銭的な価値が高い品が出ると、それまで無関心だった親族が飛んでくるのは、特殊清掃業者にとってありがちな話である。

約束した時間になり、事務所にスーツ姿の五十代半ばぐらいの男性が訪ねてきた。髪はきれいに整えられ、眼鏡をかけた顔はきちんとした印象だ。

山本がオフィスの隅にある応接スペースのソファに案内する。沙希と真がやって来て、低いソファテーブルを挟んで男性と向かい合う。

山本がお茶を出した後、沙希が紙を差し出した。

「こちらが弟さんのご自宅にあった遺品のリストです。リサイクルできそうなものやこちらで買い取れるものには値をつけてあります。それとこれが——」

ビニール袋に入れた預金通帳を差し出す。

「通帳です」

男性はビニール袋から赤い小冊子を出し、中の金額をちらっと確認した後、黙って閉じた。沙希が引き取り確認書をテーブルに置き、こちらにサインをお願いします、とボールペンを差し出した。

「弟さんとは普段、連絡をとられていたんですか？」

沙希に訊《き》かれ、男性はペンを走らせながら、いいえ、と答えた。

「もう十年以上、音信不通でした」

しかめ面の重い表情で続ける。

「就職氷河期世代というやつですよ。弟はどこにも就職できず、結局、学生時代にしていたバイク便の仕事を続けていました。社員ではなく歩合制の契約社員だったようです」

怪我でバイク便を辞めたことも知らなかったという。男兄弟とはそんなものかもしれないが、真は兄の態度にどこか冷淡なものを感じた。

「弟さんは地元に帰られようとはしなかったんですか？」

「学生時代からほとんど帰ってきませんでした。正社員じゃないし、結婚もしていなかったので肩身が狭かったんでしょう」

兄はサインをした引き取り確認書を沙希の前に戻した。

「身内なのであまり言いたくはないですが……弟は典型的な〝負け組〟ってやつですよ。

地元の同級生は結婚して家も建て、孫までいるやつもいるのに情けないったらありゃしない。まったく、こんな生活をしてるならウチの会社で雇ってやってもよかったのに」

彼自身は地元で小さな広告代理店を経営しているという。雇ってもいいと言いながら、弟の連絡先も知らなかったようだからはなから関心がなかったのだろう。

真が足元の紙袋から箱を取り出し、テーブルに置いた。

「これ、部屋にあったんですけど、処分すべきかどうか迷って、いちおう保管しておきました」

フタを開けると、中には色紙が入っていた。バイク便の同僚たちが、怪我で退職する村橋卓士に向けて贈った寄せ書きだった。

「預金通帳はゴミに交ざって床に落ちていたんですが、その色紙だけは箱に入れられて大事に保管されていたので……」

兄はじっと色紙を見つめた。

寄せ書きには「卓士さんのことは一生忘れません。俺の師匠です」「タクさんがいなくなるとさみしくなります」「タクさん、いつでも戻ってきてください！」などのメッセージがびっしりと書き込まれている。

「……このバイク便の会社、ウチの会社でも使うことがあるんです。この前いらっしゃったライダーの方に弟さんのことを話したらご存じでした」

故人は怪我をした同僚のためにカンパを募ったり、待遇改善のために会社と掛け合ったりして、仲間たちからとても慕われていたという。

「余計なことかもしれませんが、弟さんなりに精いっぱい人生を送られたのではないかと思います……」

男性は黙ってそれを聞いた後、色紙をテーブルに戻し、「これは処分しておいてください」と言った。

◇

週末の日曜日、真は巨大なクライミングウォールの壁面にへばりついていた。

そこは郊外にある屋外型のボルダリング場だった。壁の高さは十六メートルを超え、国際大会も可能な施設である。

額には汗がしたたり、顎から水滴が落ちていく。真の脳裏には、マンションの一室で孤独死をした男性のことが浮かんでいた。

汗で指がずるっと滑り、真は片手の力だけで壁にぶら下がる。

（あの人は、ちょっとホールドする場所を間違えただけなんだ……でも誰だって落ちる……落ちたらまた登ればいい……）

腕を伸ばして別のホールドを確保する。

やがて頂上にたどり着いた。地上十六メートル、頭上には透き通るような青空が広がり、白い雲の上から太陽の光が降り注いでいる。

（ちょうど今頃かな……）

腰に巻いたウエストポーチからスマホを出し、ＳＮＳで「#村橋卓士追悼ツーリング」というハッシュタグを探す。

ＳＮＳ上には八十台以上のバイクが富士山に向かってツーリングをする様子が流れていた。彼の死を知った昔のバイク便仲間たちが企画したものだ。

彼が〝負け組〟だったのかどうかは真にはわからない。だが、これだけ大勢の人間に死を悼まれる人生が失敗だったとはどうしても思えない。

たぶん、と真は空を見上げた。

彼が四十九年の人生で残したのは、一〇〇〇万円の預金通帳ではなく、仲間たちからのあの色紙だったのだ――

無職プロポーズ

「誕生日おめでとう」

雨宮賢人《あまみやけんと》がワイングラスを掲げると、咲良《さくら》が笑顔を作った。

「ありがとう。これからも二人でたくさん楽しい思い出を作ろうね」

そこは閑静な住宅街にある洋風の邸宅を改築したフレンチレストランだった。

窓辺のテーブルで若い男女のカップルがディナーを囲んでいた。今日は恋人の三輪《みわ》咲良の二十七歳の誕生日。同い年の二人は付き合って三年になる。

「素敵なお店ね……」

咲良が窓の外に目を向ける。ライトアップされた庭園には、キンモクセイの花が緑の葉の上にオレンジの絨毯《じゅうたん》のように広がっていた。

「ロビーのハーブがすごかったね。元は民家だなんて信じられないよ」

「でも高いお店なんでしょ？　クリスマスはウチでしようね」

賢人は「わかってるよ」と苦笑した。

去年のイブ、飛び込みで入ったレストランで食事をしたら目が飛び出るような高い代金を請求された。若い二人はクリスマスシーズンが特別料金だと知らなかった。

賢人は上着のポケットに手を入れた。指先にはリングケースの固い感触がある。中には婚約指輪が入っていた。

彼はその夜、咲良にプロポーズをする予定だった。成功したら店のスタッフがアコーディオンを演奏しながら花束を持ってきてくれる手はずだが――

（できないよ、無職でプロポーズなんて……）

昨日、会社で上司から会議室に呼び出された。

一ヶ月ほど前、同じ部署の親しい先輩から「おまえを正社員に推薦しておいたから」と言われていたので期待していたら、伝えられたのは真逆の内容だった。

「君との契約は更新しない」

中堅の出版社で賢人は契約社員として働いていて、一年毎《ごと》に更新していた。

「君が三年間、ウチでまじめに働いてくれたのはわかっている。ただウチはこれから女性向けのコンテンツを強化していきたい。男性編集者より女性の編集者が必要なんだ」

頭が真っ白になった。面談の後、どうやって自分の席に戻ったのかも覚えていない。

（正社員になったことを咲良に知らせて、プロポーズしようと思っていたのに……）

すでに指輪も購入していたし、彼女の誕生日を祝うためにお店も予約していたのに、計画が狂ってしまった。

「お父さんとお母さん、賢人に会えるのを楽しみにしてるって」

「うん、僕も楽しみだよ」

一週間後、彼女の両親が親戚の結婚式に参列するため上京してくる。そのタイミングに合わせて直接会って挨拶をすることになっていた。

「どうかしたの？　さっきからなんか元気がないけど……」

「いや、こんないいお店めったに来ないから緊張してるだけだよ」

クスッと咲良が笑った。

「ほんとね。ほら、お隣のテーブルの人、いかにもお金持ちって感じがする」

常連だろうか、一人で来店していた老人がソムリエを相手にワイン談義をしている。

「私たち、最初に出会ったときのことを覚えてる？」

「単行本を作った後の打ち上げだったよね」

咲良はデザイン事務所で働くデザイナーだった。賢人が担当する本の装幀《そうてい》を依頼し、彼女が担当することになった。初対面から話しやすく、飾らない人柄に惹《ひ》かれた。

校了した後、製作にかかわったイラストレーターやライターを呼び、打ち上げと称して飲み会を開いた。

みな口々に「へー、この版元は一冊終わるたびに打ち上げなんてやるんだー」と驚いていたが、実は咲良と親しくなるのが目的だった。

飲み会でプライベートの連絡先を交換し、何度かデートを重ねた。付き合ってくださいと告白したのは賢人の方だ。

「ね、今まで何が楽しかった？　私は夏休みに北海道旅行に行ったことかな」

札幌《さっぽろ》でレンタカーを借り、旭川《あさひかわ》、網走《あばしり》へと行く先々でホテルに泊まり、道北を巡って戻ってきた。

「ほら、沿道のお店で生きたカニを買ったけど、かわいそうだからって海に戻したじゃない」

「覚えてる。あのカニ、たくましく生きてるかなぁ」

二人とも車の運転は不慣れだったが、北海道の道は広く、交通量も少なかったのでなんとか予定していた道程をやり遂げた。今となってはいい思い出だ。

「僕は去年の花火大会かな」

「えー、賢人、着いたと思ったらすぐ帰ろうって言ったじゃない」

「だって人が多くてさ。戻ってマンションの廊下から見た花火が良かった」

「ずっと二人きりだったね」

咲良は出会った頃から変わらない。まっすぐで、嘘《うそ》が嫌いだった。付き合ううちに自然と結婚したいと思うようになった。

「でもこの三年間、賢人といろんなところに行けて、すごく楽しかったよ」

そうだね、と賢人は力なく笑った。

彼女を三年も待たせたあげく、無職になってしまった。咲良には近々、正社員になれると言ってしまっていた。

(結婚したいなんて言えるわけないよ……)

涙がにじみそうになり、顔をうつむかせた。ナプキンを膝から外し「ちょっとお手洗いに行ってくる」とテーブルを離れた。

厨房《ちゅうぼう》の前で男性の店員に「雨宮様——」と呼び止められ、賢人は足を止める。

「お打ち合わせの通りでよろしいでしょうか？　雨宮様がお相手の方にプロポーズをしたら、我々が花束を渡しに行き、アコーディオンを演奏するという……」

「それはちょっと止めていただけますか？」

店員が首をかしげる。

「少し予定が変わってしまって……今日はプロポーズをしないかもしれません。すみません。せっかくご用意していただいたのに……」

「わかりました。お気持ちが変わられたらいつでもお申し付けください」

店員と別れ、賢人は店のトイレに入った。気持ちを落ち着かせようと洗面台で手を洗う。鏡に自分の顔が映っていた。無職になるからだろうか、いつも以上に頼りなく見えた。

上着のポケットからリングケースを出し、フタを開けて指輪に目を落とす。

（せっかく指輪も買ったのに……）

じわりと目に涙が浮かんだとき、トイレのドアが開く音がした。他の客が入ってきた。リングケースを洗面台に置き、蛇口で手を洗うフリをした。

「プロポーズかい？」

小便を終えた老人が隣に立ち、不意に尋ねてきた。

「え……？」

「君たちがいるテーブルは、この店で〝プロポーズ席〟と呼ばれていてね。僕は何組ものカップルがあそこでプロポーズをするのを見てきたんだよ」

思い出した。隣のテーブルで一人で食事をしていた老人だ。常連なのか、店員と親しげに話していた。

「はい……でも今日はしないかもしれません」

「どうかしたのかい？」

「実は……会社をクビになってしまって……契約を切られたんです。来月からは無職です。彼女にプロポーズをするわけにはいきません」

なんで初対面の老人にこんな話をしているのか自分でもわからなかった。誰かに聞いて欲しかったのかもしれない。

ふむ、という感じで老人がうなずく。

「転職活動はするんだろう?」

「もちろんです。ただいきなり正社員は難しいので……」

「君は正社員じゃないから結婚する資格がないと思ってるのかな?」

「そういうわけでは……ただ、正社員でないと経済的な安定がないので、結婚した後、彼女が出産や子育てで働けないとき、僕がちゃんと支えていけるか不安なんです」

「でも働く意志はあるんだろう? だったらいいじゃないか。君は誰よりも彼女のことが好きで、大切にしたいと思っている。僕はそれだけで、君にプロポーズをする資格はあると思うがね」

賢人は黙り込んだ。それはきれい事だ。現実の生活は甘くない。

「今はこんな時代だ。今日は正社員でも明日には無職になるかもしれない。誰の身にも何が起こるかわからない。正社員になったら、出世したら、金持ちになったら……そんなことを言っていたら、いつまでも結婚できないよ」

ポケットから白いハンカチを出し、老人は濡《ぬ》れた手を拭いた。

「……僕は会社を経営しているんだがね、三回、事業に失敗して倒産してるんだ。そのたびに無職どころか借金を背負った。二回目のときは結婚して子供もいたよ。三回目の起業は皿洗いをしながら資金を稼いだんだ。妻は僕を見放さずについてきてくれたよ」

ハンカチを折りたたみ、上着のポケットにしまう。

「老人が説教がましいことを言って済まなかったね……実は今日は妻の誕生日でね。君の彼女も誕生日らしいね？　つい耳に入ってね、余計なことを言ってしまった。許してほしい」

「いえ、そんな……あの、奥さまは？」

老人は最初から一人で食事をしていた。妻の姿は見なかった。

「妻は去年、亡くなったんだ。癌《がん》でね……このレストランで毎年、妻の誕生日を祝っていたんだよ。だから僕はあのテーブルに座って、亡くなった妻との思い出に浸りながら食事をとってるんだよ」

「…………」

「まあ、老い先短い老人のたわごとさ。気にしないでくれ。君の人生に幸あることを祈ってるよ」

そう言って老人はトイレを出て行った。通り過ぎるとき、ホワイトムスクの甘い香りがした。

賢人は鏡を見た。脳裏に老人の言葉がよみがえる。

『君は誰よりも彼女のことが好きで、大切にしたいと思っている。僕はそれだけで、君にプロポーズをする資格はあると思うがね』

それはたしかに契約社員より正社員の方がいいに決まってる。貧乏よりも金持ちの方がいい。でも、結婚するかどうか決めるのは彼女だ。

(最初から僕は自分にその資格がないと思い込んでいた……)

賢人は意を決してトイレを出た。テーブルに戻り、上着のポケットからリングケースを出し、咲良の前に置いた。

「今日、君にプロポーズをするつもりだった」

咲良が驚きで目をみはる。

「でも、その前に言わなくちゃならないことがあるんだ。僕は会社から契約を切られた。来月からは無職になる……」

弱々しくなっていく気持ちを奮い立たせるように顔を上げた。

「もちろん働く意志はある。どんな仕事でもする。君を好きな気持ちに変わりない。ぜったいに幸せにする……こんなことになっちゃって説得力はないけど……君に苦労はかけない。だから――」

自嘲気味の顔をキリッと引き締め、咲良の目を見つめた。

「僕と結婚してください――」

咲良が押し黙り、やがて静かに口を開いた。

「……本当に私を幸せにしてくれる？」

「幸せにする。約束する」

咲良の顔におだやかな微笑《ほほえ》みが浮かぶ。

「大丈夫よ。私もちゃんと働いてるんだし、なんとかなるわよ……でも、私が身体《からだ》を壊したり、働けなくなったときは賢人が支えてね」

「もちろん。二人で助け合って生きていこう」

どちらかに経済的に依存するのではなく、ともに支え合って生きていく――結婚の意味を老人の言葉で気づかされた。

「これからよろしくお願いします」

咲良が頭を下げた瞬間、隣のテーブルから様子を見守っていた老人がパチンと指を鳴らした。

店の照明が落とされ、二人のいるテーブルだけが明かりで照らされた。アコーディオンの演奏が鳴る中、花束を持った女性スタッフがやってきた。

賢人が咲良に花束を渡し、周りの客からいっせいに拍手が起こる。店内は若いカップルの結婚を祝福するムードに包まれた。めでたし、めでたし――

◇

「へー、かっこいい。それでおじいちゃんはおばあちゃんと結婚したんだ」

そこは老人ホームの病院のベッドだった。白髪になり、顔にしわの刻まれた賢人がベッドのリクライニングに背を預けている。

見舞いに来ていた中学生の孫娘が尋ねた。

「仕事はどうなったの？」

「運良く別の出版社に雇ってもらえてね。一年後に正社員になれたんだ」

妻の咲良と家庭を持ち、一男一女に恵まれた。妻はデザイン事務所を退職し、子育てをしながらフリーのデザイナーとして家計を支えてくれた。

「そのレストランは今もあるの？」

「もう閉店してしまったんだよ。おばあちゃんの誕生日にはいつも二人で行っていた。隣のテーブルにいた老人は亡くなって、私たちが彼のいたテーブルでプロポーズをするカップルも見送るようになったんだ……」

「お母さんや叔父さんが生まれたのもその人のおかげだね」

「そうだね。もっとちゃんとお礼を伝えられたら良かったんだけどね……」

ヘルパーさんが検温をしに部屋に入ってきた。孫娘は祖父を残して部屋をいったん出た。向こうから母親がやって来たので、今、聞いたばかりのおじいちゃんのプロポーズの話をする。

「それ、ぜんぶ嘘」

あはは、と母親は笑い飛ばした。

「嘘？」

「私、亡くなったおばあちゃんから聞いたの。おじいちゃんが契約を切られたの、おばあちゃん、出版社の知り合いから聞いて知ってたんだって」

「え？　……じゃあ、トイレで会ったっていうお金持ちの老人の話は？」

「だから、そんな人いないんだって」

母親は笑いながら真相を教えてくれた。

「契約を切られたの？　っておばあちゃんが問い詰めたら、おじいちゃん、レストランでワンワン泣き出しちゃったんだって。隣のテーブルにいた夫婦がハンカチを貸してくれたらしいから、たぶんそれを脚色したのよ」

孫娘は声をなくした。ぜんぶ架空の話？　なんでそんな嘘の話を孫に話して聞かせたのだろうか？

「まー、よっぽどみっともなかったんでしょうねえ……テーブルに突っ伏して泣きじゃくって、涙と鼻水で顔はグショグショ。周りのお客さんも、おばあちゃんもドン引きしてたっていうから」

「じゃあ、プロポーズは……？」

「でね、泣きながらおばあちゃんと別れたくない、結婚したいって言ったんだって。指輪も買って、レストランの店員さんに花束まで仕込んでたから、おじいちゃんも引くに引けなかったんでしょうね」

孫娘はあ然とした。さっき聞いた話とえらい違いだ。

「おばあちゃん、かわいそうになって、この人には私がついててあげなくちゃと思って結婚してあげたんだって。でも、おじいちゃんは恥ずかしいもんだから作り話を子供や孫にするのよ。ほんと、かっこ悪いわよねえ……」

ちなみに一週間後、上京してきたおばあちゃんの両親とは、無職のことは隠して挨拶したという。

「それでね、おばあちゃんから聞いたんだけど、両親はお見合いの話も持ってきてたんだって。ちょっと年上だけど、イケメンで、大企業に勤めてる人」

「おばあちゃんはどうしたの？」

「正直グラッときたらしいんだけど、おじいちゃんのプロポーズをもう受けちゃってたからお断りしたんだって」

「じゃあ、おじいちゃんがレストランでプロポーズしてなかったら？」

「おばあちゃん、別の人と結婚してたんじゃない？」

あはは、と母は笑い飛ばし、それから母娘は部屋に引き返した。

「お父さんの好きなヨウカンを買ってきたわよー」

母がそう言って、ベッドに近づいていく。祖父は「このヨウカンじゃない」と文句を言い、母は「えー、そうだったっけ？」と言いながら、ポットでお茶の準備を始めた。

ベッドの祖父の姿を見ながら孫娘は思った。

もし、おじいちゃんがおばあちゃんにプロポーズをしていなかったら？　お母さんも私も今、この世に存在していない。

青空の下を駆け回ったり、友達とバカ話で笑い転げたり、おもしろい小説や漫画を読んで感動することもなかった──

だから思った。おじいちゃん、ありがとう。無職なのにおばあちゃんにプロポーズをしてくれて。

世の中にはお金をかけてプロポーズを派手に演出する人もいる。けれど、弱さを全部さらけだして、みっともなくても、愛する人に自分の気持ちを伝えたおじいちゃんは、世界で一番かっこいいプロポーズをしたのだ。

いつかおじいちゃんにそれを伝えよう、そう思いながら孫娘は祖父が横たわるベッドに笑顔で近づいていった。

耳の聞こえない風俗嬢

「耳が聞こえない？」

佐藤《さとう》が尋ねると、小柄な女性が携帯用のホワイトボードに「そうです」と書いた後、

「読《どく》唇術《しんじゅつ》で多少はわかります」と続けた。

そこは佐藤が店長を務めるファッションヘルス店の事務室だった。広さは六畳ほどで、パソコンを置いたデスクと椅子、打ち合わせ用の四人掛けのテーブルが置いてある。

佐藤の前には、二十代半ばぐらいの若い娘が、パイプ椅子にちょこんと腰掛けていた。履歴書には二十六歳と書かれていたが、童顔なので大学生ぐらいに見える。

女がホワイトボードに字を綴《つづ》った。

『しゃべることもできません』

それは佐藤も知っていた。先天性難聴の人間は人の声を聞いたことがないので、発話の仕方がわからないのだ。

うーん、と佐藤は首をひねった。

「ウチの仕事、わかってるよねえ？」

ファッションヘルスに挿入行為はないが、それ以外の口や手、素股を使ったプレイはある。客とのコミュニケーションも当然、必要だった。

女がコクリとうなずき、佐藤は困ったように息をつき、ふと何かを思いついたように顔をテーブルの方に向ける。

眼鏡をかけた二十代半ばぐらいの男が、弁当をつつきながらスマホを見ていた。

「なあ、障がい者を雇うと、雇用助成金がもらえるんだっけ？」

スマホに目を落としたまま、若い男は言った。

「いや無理っしょ。ウチ、風俗店ですよ」

竹田《たけだ》は大卒でウチに応募をしてきた変わり種だ。大卒だけあって物知りで、パソコンの設定や操作、ＨＰの更新などでは助けられている。

半ば予想していた答えだったので、佐藤は、だよな、とうなずいた。

「障がい者を雇ったってウチにメリットもないよなー。だいたい耳が聞こえない上にしゃべれないのに、どうやって客とやり取りするんだよ」

相手が聞こえないのをいいことに物言いに遠慮がない。竹田が箸を止め、スマホから顔を上げた。

「筆談でやればいいんじゃないですか？」

「筆談?」

「して欲しいプレイを客に事前に書いてもらうんですよ。ほら、ラーメン屋でもあるじゃないですか。注文前に用紙にカタ麺、チャーシュー何枚とか書くやつ」

「ウチはラーメン屋じゃないぞ」

「似たようなもんですよ。カタ麺とチャーシュー三枚が、手コキとパイズリに変わるだけで。客が嬢にされたいプレイを、言葉じゃなくてシートに書いて渡せばいいんです」

「紙にねえ……」

「逆にウケるんじゃないですか。このコ、童顔で小柄だから、その手の客が指名してきますよ」

読唇術で会話がある程度わかるのか、女がにっこりと笑った。たしかにあどけない見た目だった。妹キャラが好きな客はこの店でも多い。

「……まあ、試しに雇ってみるか。ネットで話題になるかもしれないしな」

女の子がボードに「ありがとうございます!」と書き、頭を下げた。その後、佐藤は出勤形態や給料のシステムなど、事務的なことを説明し、最後に言った。

「じゃあ、源氏名を決めるか。源・氏・名——わかる?」

女がコクリとうなずき、ボードに「店長さんにお任せします」と書いた。履歴書を見ながら佐藤が首をひねる。

「そうだなぁ……耳が聞こえないんだよな。なんかいつも静かそうだし……じゃあ、静香《しずか》にするか」

安易なネーミングだったが、本人は気に入ったようだった。こうしてヘルス店に耳の聞こえない風俗嬢〝静香〟が誕生した。

◇

「じゃあ、静香さん、3番でよろしくお願いしまーす」

客と手をつなぐ静香を佐藤は笑顔で送り出した。シャワー室に向かうミニスリップ姿の背中は頼もしく見える。

彼女が店でヘルス嬢として働き始めて一ヶ月が経《た》っていた。最初はどうなることかと思ったが、今では店になじんでいた。

事前にお客さんには「あのコ、耳が聞こえないし、しゃべれないんですけど、いいですか?」と確認をとり、その上で客が嬢に希望するプレイを用紙に書いてもらった。

意外なことに、このやり方は客にウケた。だいたい風俗に来るような男は、女性とコミュニケーションをとるのが苦手な人が多かったりする。口下手《くちべた》な彼らからすれば、メモで希望を伝えるのは楽なのだろう。

童顔でロリ体型、妹っぽい容姿は、耳が聞こえず、しゃべれないというキャラと相性が良かった（男の庇護《ひご》欲をそそるのだろうか）。あっという間に静香は店の人気嬢になった。

その日、佐藤が事務机で本を読んでいると、従業員の竹田が覗《のぞ》き込んできた。

「店長、どうしたんですか。本なんて読んで」

開いた本の章見出しには「手話の基本」と書かれ、ハンドサインをする人のイラストが載っていた。

眉を持ち上げる部下に佐藤は弁解する。

「まあ、静香と仕事の話をするとき、簡単な手話ぐらいできた方がいいと思ってな」

今は彼女の読唇術とメッセージボードに頼っているが、もっと円滑なやり取りができるならそれに越したことはない。

「へえー、手話ですか」

竹田はどこか揶揄《やゆ》するような目だ。無理もない。なにせ自分は普段、スポーツ新聞しか読まないのだから。

「ま、今やウチの人気嬢だからな。こっちも気を遣ってやらないと」

照れ隠しのように言ったが、半ば本音だった。店長という立場上、稼げる嬢の存在はデカい。

「まあ、でもいいコですよね、静香ちゃん。他の嬢たちにも可愛《かわい》がられてるし……」

以前は待機所で嬢同士の喧嘩《けんか》や盗難もあったが、彼女が来てから店の雰囲気がおだやかになった。うまく言えないが、互いを思いやる気持ちが生まれた気がする。

静香には少しでも長く働いて欲しい、と佐藤は思った。

◇

その日、事務室でパソコンに売り上げを打ち込んでいた佐藤は、外の騒々しい気配にマウスを動かす手を止めた。椅子から腰を上げ、部屋を出る。

ヘルス店の接客スペースは、個室タイプの漫画喫茶に似ている。細い廊下の両側にドアが並び、中には三畳程度の小部屋がある。そこで嬢が客にサービスをするのだ。

ドアの一つが開いていた。部屋の中を覗き込むと、ベッドの隅で静香がおびえたようにうずくまっている。

客と思《おぼ》しき四十代ぐらいの中年男性が、トランクスだけの姿で憮然《ぶぜん》としてベッドに腰を下ろし、それを竹田が険しい顔で睨《にら》み付けている。

「どうした？」

佐藤が尋ねると、竹田が中年男を怒りの形相で指さす。

「こいつ、静香と無理やりやろうとしたんですよ」

ヘルス店ではたまにある話だった。客が嬢に本番を強要するのだ。店にバラさないから、と金銭で持ちかける客もいる。

この男性客は、静香が耳が聞こえず、しゃべれないのにつけ込み、無理やり挿入しようとしたらしい。隣の個室でプレイをしていた別の嬢が異変に気づき、竹田を呼んで事件が発覚した。

佐藤が壁の貼り紙を指さし、落ち着いた声で言った。

「お客さん、この貼り紙に書いてありますよね？　嬢にそういうことをしたら罰金一〇〇万円って」

一〇〇万円と聞き、中年男の顔色が変わった。

「この女が自分から持ちかけてきたんだ！　もう一万出せばやらせてもいいって。本当だ。嘘《うそ》つきはこの女だ」

早口で怒鳴るような口調だったので、静香も読唇できなかったのだろう。何を言われているかわからず、ベッドの隅から不安な目で佐藤を見つめ返してくる。

「わかりました。事情は事務所の方でゆっくり伺わせていただきます。とりあえず服を着て、外に出てもらえますか？」

佐藤は客に部屋をいったん出るように促す。自己保身の嘘だとはわかっていたが、周りの個室には他の客もいる。これ以上、騒ぎを大きくしたくない。

結局、未遂に終わったこともあり、客には厳重注意をした上で店から帰した。もちろん今後は出禁である。

静香のショックは大きかった。翌日から店に出勤しなくなり、メッセンジャーで連絡しても、しばらく休ませてください、と返事があったきり、音沙汰がなくなった。

◇

その日、佐藤は事務室でパソコンに向かっていた。公式サイトの嬢たちの出勤状況を更新しながら、静香の画像を見つめる。

（もう辞めちまうのかな……）

そうやって引退していく嬢を何人も見てきた。引き留めることはない。一人の嬢に深くかかわっていたら、この仕事は続けられない。

事務室のドアが開き、竹田が顔をのぞかせる。

「あの……店長、お客さんが来ているんですけど……静香ちゃんを指名したいって……」

またか、と思った。彼女は人気嬢だったので、いまだに指名客が引きも切らない。だが、こちらもホームページに嬢の出勤状況は事前に表示している。

「優奈《ゆうな》をあてがっておけよ」

静香目当てで来た客には、彼女と似た童顔で小柄な嬢を代わりに薦めていた。にしても、なぜ竹田はそんなことをいちいち報告してくるのか。

苛立《いらだ》ちが顔に出たのだろう、竹田があわてたように言った。

「いえ、それが――」

困ったような竹田の表情を見て思った。もしかすると、暴力団関係者や半グレといった厄介な客かもしれない。

竹田の手に負えないとなると、そうとう面倒なやつだろう。「今行くよ」と佐藤はため息まじりに言い、椅子から重い腰を上げた。

◇

その夜、佐藤はスマホの地図を頼りに住宅街を歩いていた。けっこう築年数が経った古めかしい二階建てアパートの前で足を止める。

（ここか……）

部屋は一階のいちばん端だった。ストーカーなどを警戒する風俗嬢は、オートロック付きのマンションの上階に住みたがる。住まいを見るだけでも、静香のつつましい暮らしぶりが窺われた。

ピンポーンと呼び鈴を鳴らした後、佐藤は気づいた。

（そっか。耳が聞こえないのか……）

呼び鈴には気づかないだろう。悩んでいるとドアのロックが外れる音がした。扉が少しだけ開き、チェーン越しに静香の顔が見えた。

宅配便だとでも思っていたのか、佐藤の姿を見てびっくりしている。とっさに佐藤が手を動かして、覚えたての手話で伝えた。

——呼び鈴の音、聞こえるの？

静香は驚いた顔をしたが、手話で返してきた。

——明かりで気づくようにしてるんです。

背後をちらっと振り返る。冷蔵庫の上で赤い点滅灯（パトカーの屋根についてるようなやつ）が回っていた。呼び鈴と連動させているのだろう。

静香がチェーンを外し、ドアを開けた。佐藤は手で制し、「あ、いや、俺はここでいいよ。すぐに帰るから」ととっさに声に出した。一人暮らしの若い女の子の部屋にオッサンが入るわけにはいかない。

それから再び手話で伝えた。

——店に来ないの？

静香の顔が曇る。客に襲われたショックが消えていないのだ。密室で体格の大きな男に組み伏せられた恐怖は女性でなければわからない。

——君を指名したいって言ってる客がいるんだ。

静香が顔をうつむかせた。佐藤は手話で「どうしても嫌ならしかたないけど——」と断った上で告げた。

——君に来てほしいんだ。

その客は静香が出勤する、しないにかかわらず明日も来ると言っていた。佐藤は客が来る時間を告げ、その場を後にした。

◇

翌日、佐藤は事務室で壁の時計を見ていた。すでに客は来ていて、待機所のソファで待ってもらっている。

ドアが開き、竹田が顔を覗かせ「静香ちゃん、来ました！」と声を弾ませる。佐藤は椅子から立ち、部屋を飛び出した。

静香が外に立っていた。ぺこりとお辞儀をする。

「ちょっと来てもらえるか？」

静香の手を引き、客用の待合スペースに連れていく。

ソファに静香と同い年ぐらいの若い男が座っていた。ジーパンにポロシャツという素朴な風体だ。

佐藤たちに気づき、青年がスマホから顔を上げる。

つたない手話を使い、佐藤が「彼女が静香です」と伝えた。それを見た嬢の目が大きく開かれる。

佐藤が今度は静香に向かって手話で伝えた。

――彼も耳が聞こえないそうだ。

耳が聞こえないヘルス嬢の噂《うわさ》をネットで知り、彼女のサービスを受けたいと、遠くからこの店を訪れたという。

――彼の接客を君に頼めないかな？

静香が一瞬、虚を衝《つ》かれた表情になり、やがて目に涙を浮かべ、大きくうなずいた。

青年に希望プレイのシートを渡そうとする竹田の手を制し、代わりに手話で「シャワーを浴びに行きましょうか」と伝える。

手をつないで部屋に消えていく耳の聞こえない嬢の背中に、佐藤は、がんばれよ、とエールを送った。

ここには君の居場所がある。君にしかできない仕事がある――

親子鑑定

充実した仕事、美しい妻、かわいい娘……絵に描いたような幸せな家族があるとすれば自分たち家族だった。その日までは――

「あんたとあゆみって似てないわね」

母がぽつりとつぶやき、永瀬克己《ながせかつみ》はいぶかしむような目を向けた。

「何を言ってるんだよ、母さん」

その日、母の六十四歳の誕生日を祝うため、永瀬克己は妻と娘を連れて実家を訪れていた。妹家族も加わり、久々に親戚同士が一堂に会していた。

午後の陽光が降りそそぐ芝生の庭では、妻の弓絵《ゆみえ》と五歳になる娘のあゆみが、子供用のラケットでバドミントンをしていた。

「あゆみは俺に似てるよ。弓絵に言わせれば、くしゃみの仕方がそっくりなんだってさ」

「そりゃ子供は親の真似《まね》をしたがるからね。いっしょに住んでれば〝しぐさ〟は似てくるさ」

あゆみがラケットでシャトルを打ち返している。たしかに顔は似ていない。それは昔から感じていた。

「俺だってオヤジには似てないよ。母親似なだけさ。母さん、そんなこと、弓絵やあゆみの前では絶対に言わないでくれよ」

疲れたように続けた。

「母さんは弓絵が嫌いなんだろ？」

「好き嫌いの話をしてるんじゃないよ」

「最初に弓絵を連れてきたときから、イイ顔をしなかったじゃないか」

理由は自分たちがいわゆる〝デキちゃった婚〟だったからだ。上品に言えば〝授かり婚〟だろうか。妊娠がわかってから婚約をし、親にも報告に行った。

「この家も含め、ウチの土地も財産もあんたと妹の瑞穂《みずほ》が継ぐんだ。そしていずれは孫がね。しっかりしてほしいんだよ」

父方の祖父母はこの一帯の地主で、両親は資産管理会社を作り、アパートや駐車場を管理してきた。

「しっかりって……どうすればいいんだよ」

母親がソファテーブルの引き出しを開け、Ａ４サイズの紙を差し出した。ＤＮＡで親子鑑定をする会社のホームページを印刷したもののようだ。

「お金は私が出してあげるから」

「勘弁してくれよ」

克己はため息をつき、渡された紙をテーブルに裏返しに置いた。

「母さん、父さんが倒れてからおかしいよ」

昨年、七十歳を迎えた後、父は脳梗塞で倒れた。今も意識は戻らず、ずっと入院をしている。医者からは予後は厳しいと言われていた。

「父さんが倒れたからこそよ。すっきりした気持ちで遺言状を作らせてほしいんだよ」

遺言の話を持ち出されると、むげに母を撥《は》ねつけにくい。妹の瑞穂は母親に似てしっかり者だ。兄妹仲が悪いわけではないが、隙を見せれば財産を全部持っていかれかねない。

「はっきりさせてくれれば、二度とこの話はしないよ」

克己は窓越しに庭を見た。あゆみがシャトルを空振りし、妻の弓絵が笑いながら娘に何か言っている。

（馬鹿な。弓絵に限ってそんなことがあるわけがない……）

克己は胸の中のモヤモヤした感情を追い払った。

◇

夜、克己は書斎の机でノートパソコンに向かっていた。机の端には母親から渡された例の紙が置かれていた。

検索エンジンに社名を打ち込み、リンクをクリックすると『DNA鑑定ラボ』のHPが表示された。精液、口腔《こうこう》の粘膜、唾液などから親子鑑定を行い、鑑定結果は裁判の証拠資料にも使われているらしい。

《托卵《たくらん》女子をご存じですか？》

えらく刺激的なワードが目に飛び込み、リンク先の記事を読んでみる。

托卵女子とは、別の男性の子を妊娠・出産し、それを隠して夫に育てさせる女性のことで、カッコウやホトトギスに見られる「托卵」の習性になぞらえて「托卵女子」と呼ぶらしい。

(他の男の精子で妊娠が判明した後、手近で夫候補となる男性を見つくろい、性交渉をしてアリバイを作ります……)

文字を追う克己の表情が険しくなる。

(相手の男はATM夫とか、キリスト教の聖人になぞらえてヨセフ夫などと呼ばれています……)

苦々しい顔で別の記事をクリックした。

《受精日から二六六日後が出産予定日となります。ただし、算出された出産予定日は三日程度の誤差が生じる可能性があります》

克己は机の隅にあった卓上カレンダーに手を伸ばした。

（ええと、あゆみの誕生日は七月十日だから、その二六六日前は……）

カレンダーをパラパラめくって日付をさかのぼっていく。五年前のカレンダーではないから細かな曜日は違うが、この際だいたいでいい。

カレンダーの「十月十七日」という日付をじっと見つめる。

その頃、自分は弓絵と性交渉を持っただろうか？　五年前なので記憶はほとんど残っていない。

（日記でもつけていればな……）

弓絵は会社の同僚だった。以前から美人だな、と思っていた。一度デートに誘ったが断られたので脈はないとあきらめていた。

ある日、弓絵から急に「食事に行きませんか」と誘われ、付き合いが始まった。お互い三十歳を超えていて、早く身を固めたい気持ちもあり、あとはトントン拍子に進んだ。

弓絵に「赤ちゃんがデキちゃったみたい」と伝えられたときは驚いたが、うれしくもあった。家族を持つのは夢だったからだ。

「結婚しよう」

克己からプロポーズした。彼女の答えはもちろんイエス。

そこからは両親への紹介、結納、上司への報告、式場の手配など、あわただしく流れる日々の中、妊娠期間に思いを馳《は》せる余裕はなかった。

（待てよ……あのとき、たしか通り魔事件があったんだよな……）

弓絵のマンションの近くで女性が刺され、本人曰《いわ》く「怖くなって」克己のマンションに押しかけてきて、その夜、男女の営みを持った覚えがある。

検索エンジンで事件の記事を探し出し、日付を確認する。

（事件があったのは……十一月五日か）

そこから二六六日を経過させると、多少の誤差はあるにせよ、七月末あたりが予定日になる。

（七月十日では生まれるのが早すぎる……？）

克己はディスプレイを見ながら胸が重苦しくなった。

なにせ五年も前の話だ。その頃、営みを持ったのがその一回だけだったかというと正直、自信がない。ただ、妻への疑念が増したのは確かだった。

◇

「これがＤＮＡ検査に使う医療用綿棒です」

男性が英文の紙パッケージに入れられた十センチぐらいの青い封筒を差し出した。封筒を破ると、中から白い綿棒が出てくる。

「これで娘さんの口の粘膜をとってください」

男が奥歯の歯磨きをするように、綿棒を口の中に入れてみせる。

「頬の内側の粘膜をこするように採取します。上下左右にゆっくり動かしてください」

そこは雑居ビルの中にある「ＤＮＡ鑑定ラボ」社の応接室だった。克己の前には眼鏡をかけたスーツ姿で年配の男性が座っている。

「必要なのは唾液ではなく粘膜です。検体は二本採取して、こちらに送り返してください。娘さんには虫歯の検査とか、適当な理由を言ってください」

手元の採取キットに克己は目を落とした。

「あの……ほんとにいるんですか？　托卵女子なんて」

ドラマや映画の中の話だと思っていた。

「ウチの扱った案件では七割がクロ――つまり旦那さんの子供ではありませんでした」

「そんなに高い確率なんですか？」

「まあ、疑いをお持ちの方が鑑定に来られるわけではありますが」

「なぜそんなことを……？」

うめくように克己が尋ねた。後に嘘《うそ》がバレるリスクを考えれば、あまりに無謀な行動だった。

「妊娠はしたけれど、事情があって相手は結婚ができない。多くは妻帯者との不倫ですね。それで手近にいる独身の男性を夫に仕立て上げるわけです」

「ＡＴＭ夫ってやつですか」

自嘲気味に克己が言った。

「今は化学的な検証が可能です。少しでも疑念をお持ちなら、きちんとした検査を受けることをお勧めします」

「娘の血液型はＢ型です。僕の血液型はＯ型で、妻はＢ型です。この組み合わせで、ＡとＡＢ型は生まれません。これは偶然でしょうか？」

「結婚前に奥さんから血液型を訊《き》かれませんでしたか？」

いいえ、と克己は首を振った。

ただ、もう五年も前なので記憶はおぼろげだ。酒の入った場で血液型占いにでもかこつけて尋ねられれば答えたかもしれない。

男性が同情混じりの視線を克己に向ける。

「父親がO型、母親がB型なのに、子供はA型になるパターンもまれにあります。卵子の段階で、血液型を決める遺伝子に変化が起きるそうです」

眼鏡の前で両手を合わせ、ようは――と続けた。

「血液型に〝絶対〟はないということです。ですがこのDNA鑑定なら、間違って親子と判定される確率は理論上、数億分の一です」

検査キットを2セット渡された。1セットは予備だ。鑑定の結果を対面で聞きたいか、電話で聞きたいか尋ねられ、克己は電話での通知を希望した。

男性は検体が到着してから二営業日で結果はわかります、と答えた。克己はよろしくお願いします、と頭を下げ、その場を辞した。

◇

週末、妻の弓絵は用事があって朝から出かけており、家には克己と娘のあゆみしかいなかった。

ソファにいる克己のところへあゆみがラケットを持ってやってくる。

「ねえ、パパ、お外でバドミントンをやろうよ」

「いいよ。その前にちょっといいかな?」

ソファに娘を座らせ、ポケットから青い封筒を出す。例のDNA採取キットだ。

封筒を破り、中から白い綿棒を取り出す。

「なにそれー」

「あゆみのお口に虫歯がないか検査するんだよ。はい、あーんして」

大きく開けた娘の口に綿棒を入れる。

頬の内側の粘膜をこそぎ落とすように採取する。男に言われたとおり、ゆっくりと十五秒ほど時間をかけた。

「ねえ、パパ、まだー」

もう少し我慢してな、と言いながら二本目の綿棒で粘膜をこそぐ。

「よーし、もういいぞ。がんばったな」

チャック付きのポリ袋に綿棒を入れて封をする。

(はっきりさせればいいんだ……あゆみは俺の子に決まってる……結果が出れば、母さんだって納得してくれるさ)

翌日、出勤途中に克己は赤いポストの前で立ち止まった。上着のポケットからＤＮＡ検体の入った封筒を取り出し、しばらく見つめた後、ポストに投函《とうかん》した。

◇

それから五日後――

克己は会社で会議中だった。ズボンのポケットでスマホが振動し、会議を中座して廊下に出ると、通話ボタンを押した。

『永瀬克己さんの携帯ですか？』

男の声がした。

「はい、そうです」

『ＤＮＡ鑑定ラボの遠藤《えんどう》と申します』

「ちょっと待っていただけますか」

スマホの通話口を手で覆い、近くの空いている会議室に飛び込み、後ろ手にドアを閉めた。

「すみません。どうぞ」

『鑑定の結果が出ました。今、お伝えしてもよろしいですか？』

「……はい、お願いします」

緊張で乾いた喉に唾を呑《の》み、スマホを握りしめる。

『鑑定の結果、お二人が親子である確率は0％です』

言葉の意味を頭が理解するまで数秒かかった。それから確認するように尋ねた。

「0％……つまり、親子関係はない、ということですか？」

『残念ですが、そういうことになります』

その後、男の声は克己の耳にほとんど入ってこなかった。スマホを耳に当てたまま、目の前の壁を呆然《ぼうぜん》と見つめた。

◇

週末、克己は妻に内緒で実家を訪れていた。

母がお盆でお茶を運んできた。息子の前に湯飲みを置き、自分は向かいに腰を下ろした。

「で、どうだったんだい？」

「……DNA鑑定の結果は0％。親子関係はないそうだ」

克己が言うと、母が息を呑んだ。

「やっぱりそうだったのね……」

眉間に皺《しわ》を寄せ、険しい顔をする。

「これからどうするんだい？」

こめかみに手をあて、克己は疲れたように息をついた。

「少し考える時間が欲しいんだ……」

「なに悠長なことを言ってるんだい。自分の子じゃない子供を育ててどうするんだい。第一、あんたを騙《だま》していた弓絵さんを許すつもりかい？」

克己が押し黙ると、母がさらに勢い込んだ。

「孫と血のつながりがないとわかった以上、あんたが弓絵さんと別れない限り、土地と財産は継がせないよ」

重苦しい沈黙がテーブルに落ち、やがて克己は静かに口を開いた。

「……親子鑑定をしたのは、俺とあゆみじゃないんだ……」

母の顔に困惑の色が浮かぶ。

「頼んだのは、俺とオヤジの親子鑑定だよ」

病院に行き、脳梗塞を発症し、意識のなくなった父親の頬の内側の粘膜からＤＮＡを採取し、検査を依頼した。

「母さん、俺はオヤジの子じゃないんだね？」

母の顔が驚愕《きょうがく》で歪《ゆが》み、その瞬間、克己はすべてを悟った。

どんな事情かはわからないが、かつて母自身が父に対して〝托卵〟を行ったのだ。

（だから弓絵を疑ったんだ……自分がしたように、弓絵が他人の子を宿したのではないかと……）

母があえぐように口を動かす。

「なんで……」

息子のとった行動を理解できないようだった。

「前に母さんが言っただろ？　子供は親の真似ばかりするって。あゆみは本当は左利きなんだけど、俺の真似ばかりしているうちに右利きになったんだ」

箸も右手で持つし、バドミントンのラケットも右手で握る。

「母さんは知ってると思うけど、俺も本当は左利きなんだ。でも子供の頃、オヤジの真似をしているうちに右利きになったんだ」

キャッチボールをしているとき、父が右投げなのを見て、自分も右で投げるようになった。

週末、娘の口内の粘膜を採取した後、外でバドミントンをしているとき、ラケットを持つあゆみの手を目にして、不意にその記憶がよみがえった。

「利き手にも遺伝があるんだ。弓絵は左利きで、俺も本当は左利きだから、子供が左利きになる確率は26％。母さんと父さんは右利きだから、二人から左利きの子供が生まれる確率は９％らしい」

26％と９％──妻と母親、先にどちらを疑うべきかを考えた。病院に行き、父のＤＮＡを採取し、鑑定に送った。

妹の瑞穂は右利きだ。恐らく妹は父の実子だ。あのＤＮＡ鑑定会社の男も言っていた。托卵をした女はアリバイ作りのため、二人目は本当にその男の子供を産みたがるのだという。

テーブルに目を落とし、克己はつぶやくように言った。

「……母さん、オヤジはたぶん気づいていたと思うよ……」

子供の頃から、たまに克己をじっと見つめているときがあった。自分と顔も性格も似ていない息子をどう思っていたのか。

だが、自分が愛されなかったとは思わない。妹の瑞穂と同じように、父は惜しみない愛を注いでくれた。

「このことは誰にも言わないよ。母さんも忘れてくれ……」

克己は立ち上がると、茫然《ぼうぜん》自失《じしつ》した母をリビングに残し、廊下に出た。

車の鍵を出そうと上着のポケットに手を入れると、指先に小さなポリ袋が触れた。それはあゆみの口の粘膜からＤＮＡを採取した綿棒だった。

克己はポリ袋をじっと見つめた。

あゆみが誰の子かをこれ以上、詮索してもしかたない。もし自分の子供でないとしても――と克己は思った。

父が自分を愛してくれたように、俺もあゆみを愛するだけだ。煙たがられるほどの愛をあゆみに注いでやる。

ＡＴＭ夫だの、ヨセフ夫だの、言いたいやつには勝手に言わせておけ。

ＤＮＡのつながりがあるから親子なんじゃない。子供を誰よりも愛してやったやつが親なんだ。

克己は綿棒ごと小袋をひねり潰し、洗面所のゴミ箱に放り込んだ。

車椅子のナンパ師

（またあいついるよ……）

室井彩奈《むろいあやな》は忌々しそうに眉根を寄せた。

駅前の交差点近辺で車椅子に乗った男がウロウロしている。年齢は三十代半ばぐらい。週末、いつもこの辺りに出没する。

大学生の彩奈はこの先のイタリアンレストランでアルバイトをしていて、店に行くにはその交差点を渡る必要があった。

男は器用に車椅子を操り、若い女の子に声を掛けている。清楚《せいそ》系、ギャル系、ふんわり系……美人を選んでる風でもなく、とにかく手当たり次第である。

（いい歳《とし》してよくやるよ……）

車椅子で声を掛けられると、みんな最初は驚いて足を止める。身体《からだ》に障がいのある人を無視するのはまずいと思うのだろう。

だが――それがナンパだとわかった瞬間、なんともいえない戸惑いの表情を浮かべ、そそくさと歩き去る。

信号が青になり、彩奈は顔を伏せ、早足で横断歩道を渡った。

「あれえ、彩奈ちゃんじゃない？」

背後から声を掛けられ、彩奈は顔をしかめる。道を渡り終えたところで足を止め、睨《にら》み付ける。

「あの……前も言いましたよね？　名前を呼ぶのやめていただけませんか？　私とあなた、別に友達じゃないんですから」

初めて声を掛けられたとき、バイトの時間が迫っていたので、その場を逃れるため、メッセンジャーのＩＤを教えてしまった。速攻でブロックしたが、アイコンに「ＡＹＡＮＡ」と書かれていたので、名前を覚えられた。

「いや、でも他人ってわけでもないんだし……」

男は坊主に近い短髪をポリポリとかいた。猿顔というのか、なんともいえない人懐っこい顔をしている。

「一〇〇％他人ですよ。だいたい、私、あなたの名前も知らないし」

「樫村《かしむら》！　樫村シュウイチ、修学旅行の修に、一は数字の一。シュウイチさんって呼んでよ。ほら、覚えたろ？」

彩奈は腹立ち紛れに言った。

「おじさんもよくやるよね、その歳でナンパなんて……他にやることあるんじゃないの？」

ターミナル駅前のこの交差点ではナンパをしている男も多いが、ほとんどは二十代の若者だ。おっさんの姿は見当たらない。

「人を好きになるのに年齢は関係ないんじゃないかなー。あ、ちょい失礼──」

車椅子を走らせ、通りがかった若い女性に声を掛ける。

「あの、すみません……すごく可愛《かわい》らしい方だと思って声を掛けちゃいました。あそこにあるカフェ、限定ドリンクが美味《おい》しいんですよ。十分だけお時間いただけませんか」

「すみません。用事があって……」

女性は申し訳なさそうに謝り、スタスタと歩き出す。

「いや、あの……バリアフリーなんですよ！　あの店」

彩奈はぷっと吹き出す。バリアフリーって、相手にとっちゃ関係ないだろう。

樫村はしばらく女性に併走しながら熱心に話しかけていたが、やがて諦め、別の若い女性が通りがかると、また果敢に声を掛けにいく。今度は足も止めてもらえず、完全にシカトされていた。

（よーやるわ、ほんと……）

彩奈はバイトの時間が迫っていることを思い出し、あわててその場を離れた。

◇

「ボンゴレロッソ、上がりました。７番にお願いしまーす」

厨房《ちゅうぼう》の中からシェフが白い丸皿をカウンターに置く。彩奈は皿を受け取ると、テーブルの客のもとへ運んでいく。

彼女がバイトをしているイタリアンレストランは、公園に面したテラス席が売りで、デートや記念日で使われることも多い人気店だった。

「アヤちゃん、お疲れさま」

閉店後の店内、ビールサーバの掃除をしていると、黒のベストを着た男性が彩奈に声を掛けてきた。

「あ、お疲れさまです」

カポカメリエーレの青山徹《あおやまとおる》。給仕スタッフたちに指示出しを行う、いわばホールの司令塔だ。

背がすらっと高く、頭が小さくてモデルのようにスタイルがいい。雑誌にイケメン店員として紹介されたこともあり、彼目当てに店へ通う女性客も多い。ちなみに二十七歳、独身である。

「今日はディナーのお客様が多くて大変だったね」

「ホールにヘルプに来てもらって申し訳なかったです」

「こっちが厨房のヘルプに入ることもあるんだから気にしないでいいよ」

青山が優しげに部下の労をねぎらった。客だけでなく彼を慕う女性店員は多い。かくいう彩奈もその一人で、ずっと片思いをしていた。

着替え終わり、更衣室を出ると、帰り支度をした青山が待っていた。

「アヤちゃん、駅まで一緒に帰ろうよ」

「あ、はい」

バイトの彩奈は、鍵を閉める最後まで残らなくていいのだが、青山と二人きりで帰れるよう、あえて他の人の雑用も引き受け、遅くに店を出るようにしていた。

二人は駅までの道を並んで歩いた。

「アヤちゃん、今、大学二年だっけ?」

「はい、そうです」

「勉強の方はどう?」

「なんとか単位は落とさずにがんばってます」

「来年は就職活動だよね。やりたい仕事とかあるの？」

「やっぱり英語を使う仕事がしたいです。あと、飲食関係にも興味があります」

「そっか……勉強や就職活動で忙しいと思うけど、少しでもウチで長く働いてもらえるとうれしいな」

「もちろんです！　お店の雰囲気がいいし、バイト仲間のコとも仲がいいので……働いていて本当に楽しいです」

彩奈は大学での専攻科目や中学から続けているテニスの話などをしゃべった。駅までの道がもっと長く続けばいいのにと思った。

会話が切れるたびに「彼女はいるんですか？」という一言が喉まで出かかるが、怖くて訊《き》けなかった。

駅前の交差点にやってくると、例の車椅子の男がナンパをしていた。

（あいつ、まだやってるよ……）

夕方に会ったから、もう六時間近くこの交差点にいる。週末とはいえ、いい歳をしたおっさんが他にやることがないのか。

「どうかしたの？」

「あ、いえ別に――」

樫村が彩奈に気づいた。男連れなのを見たからか、親指を突き立て、おまえもがんばれよ、みたいなエールを送ってくる。

「知り合い？」

彩奈はブルブル頭を振った。

「いえ、違います！　知らない人です」

あんなおっさんのナンパ師と知り合いだと思われたら変な誤解をされる。樫村のことを頭から追い出すように、彩奈は最近ヒットしているアニメ映画の話を始めた。

翌日の日曜日、バイト先に向かおうとすると、交差点であの車椅子のナンパ男、樫村がまた声を掛けてきた。

「よ、彩奈ちゃん、なんかいいことあった？」

普段は無視するが、その日はうふふ、と笑った。

「私、彼氏ができるかもしれない」

「もしかして昨日一緒に歩いてたイケメン？」

「まあねー」

あの後、駅で別れ際、青山から目を見つめられ「君がいなくなったら、僕はすごくさみしくなると思う。この意味はわかってくれるよね？」と言われた。昨夜は興奮でほとんど眠れなかった。

「ふーん、良かったじゃん。ちゃんと彼氏ができたら報告してよ」

「なんでおじさんに報告しないといけないのよ」

彩奈は鼻先で笑い「おじさんもいつまでもナンパなんかしてないで、ちゃんと長く付き合える人を見つけなよ」と手を振り、軽やかな足取りで歩き去った。

◇

閉店後のフロア、スタッフが掃除や後片付けに追われる中、隅のテーブルでホール長の青山とオーナーが打ち合わせをしていた。

オーナーは女性だ。年齢は四十代半ば。やり手という噂《うわさ》で、この店以外にも、ネイルサロンやペットショップなど、複数の店舗を経営していた。

二人の姿を遠目に見ていると、同僚のバイト女性が近づいてきた。

「青山さん、オーナーとデキてるんでしょ」

「え……？」

「青山さん、スタッフの女の子が退職したいって言ったら、君がいなくなったら困るとか言って引き留めるんだって。ホストの色恋営業みたいだよね。あんた、言われてない？」

「別に……」

内心の動揺を隠して彩奈は答えた。

その日はバイトが終わると店を一人で出た。彩奈は駅までの道をとぼとぼと歩いていた。なんのことはない。自分がシフトから外れると困るので青山は「君がいなくなったら困る」と言ったのだ。

大学生ぐらいの若い二人組の男が近づいてきた。

「ねえ、彼女、元気ないね。遊んでいかない？」

彩奈は声が耳に入らず、黙って歩き続ける。

「うわっ、ガン無視？　ね、カラオケでも行ってパーッと楽しもうよ」

男たちはしつこく話しかけてくる。小走りで逃げた。横断歩道が見えた。信号は赤だったが車は来ていない。思い切って道を渡ろうとしたとき――

手首を摑《つか》まれ、グイッと歩道に引っ張られた。

直後、バイクが猛スピードで目の前を通り過ぎた。道路に出ていたら撥《は》ねられていただろう。

振り返ると、車椅子に座った樫村が手を握っていた。ショックで声を失っていると、さっきのナンパをしてきた二人組が追いついてきた。

「ねえ、そのコ、俺たちが先に声を掛けたんだけど」

「オッサンは邪魔しないでよ」

樫村が少し先にいるホスト風の男を指さした。

「あれ、ここを縄張りにしてるスカウト。さっきから君らを睨んでる。この交差点はナンパをしていいエリアが細かく決まってて、無視するとボコられるよ。たまに地回りのヤクザにさらわれるやつもいるから」

スカウトの男が指を銃の形にしてこちらを指した。二人組の若者の顔が強張《こわば》り、気まずそうにその場を離れていく。

その後、彩奈と樫村は人の流れが少ない場所に移動した。樫村が自販機で二人分の缶コーヒーを買ってくれ、彩奈は石造りの植え込みの縁に腰を下ろした。

「そっか、彼氏、オーナーとデキてたのか……」

彩奈の話を聞き終え、樫村は生真面目な顔でうなずく。

「馬鹿みたいでしょ？　彼女になれるかも、なんて思い込んで」

「いや、恋なんて思い込みから始まるもんだろ」

ナンパ師は妙に悟ったようなことを言う。

「……樫村さん、なんでナンパなんてやってるの？」

膝の上で缶コーヒーを握り、樫村がぽつりと語り始めた。

「俺は車の事故で歩けなくなって、一年くらい家で引きこもってたんだよ。でも友達も彼女もいないまま、薄暗い部屋の中で人生が終わっていくのは嫌だなって思ってさ……」

仕事に復帰したのを機に、路上でナンパを始めたという。

「まあ、俺もいい歳だし、おまけにこの身体だろ？　そりゃ、路上じゃいろいろ不利だけどさ。たまに連絡先を教えてくれる女の子もいるぜ」

ただし、メッセンジャーのＩＤを教えてもらっても、ほとんどは「死番」、即ブロックされたり、女性から未読スルーされる連絡先らしい。

「よくネットで言われるだろ。彼女ができるのはイケメンだけとか、年収一千万以上とか、陰キャじゃ無理とか……でも、俺はそうは思わない。恋をする資格は一つだけ、相手に好きですって言えるかどうかだよ」

彩奈は雑踏の人の流れにぼんやりと目をやった。

「その彼がオーナーと付き合ってるってただの噂なんだろ。ちゃんと気持ちを伝えてみなよ。フラれたって彩奈ちゃんは何を失うの？　立って歩けなくなるわけじゃないだろ」

樫村は愛嬌《あいきょう》のある猿顔をくしゃっとさせた。

◇

翌週の土曜日、バイト先へ行くため、例の交差点にやってくると、車椅子の樫村に声を掛けられた。

「よおー、彩奈」

さっそく彩奈ちゃんから「彩奈」と呼び捨てである。どうでもいいけど。

「どうだった？　例のイケメン」

彩奈は首を傾《かし》げ、苦笑いをした。

「うーん……玉砕。あ、でもちゃんと告白したよ、好きですって」

閉店後、駅までの帰り道で自分の気持ちを伝えた。青山は「うれしいけど君の気持ちには応えられない」と断った。

彼はもうすぐ店を辞め、ワインの勉強も兼ね、本場イタリアの店で働くのだという。オーナーと話し込んでいたのは退職の相談をしていたそうだ。

「そっか……」

「でも、なんかすっきりした。ありがとね、樫村さん」

少なくとも青山に告白する勇気をもらえた。気持ちを伝えないまま、青山がイタリアに行っていたら、一生後悔していただろう。

そうそう、と思いついたように彩奈は言った。

「私からもアドバイス。樫村さん、女の子に可愛いとか、綺麗《きれい》だね、とかしか言わないけど、もうちょっと言い方を工夫したら？　可愛いコってそういうの言われ慣れてるよ」

一回りも年下の娘に諭され、樫村は苦笑した。

「あと、若いコばっかりいきすぎ。もう少し視野を広げてみなよ」

「うん、たしかにそうだな――」

樫村は照れたように頭をポリポリとかいた。

「あ、ごめん、偉そうに」

「いや、そうじゃなくて……俺が起こした事故なんだけど――」

あの夜、半身不随の怪我《けが》を負った事故の詳細は聞いていた。赤信号で道路に飛び出してきた高校生を避けようとハンドルを切り、歩道の電柱に激突したのだという。

「ハンドルを切って歩道に乗り上げたとき、俺は別の女の子を撥ねたんだ。彼女は顔に大怪我をしてさ……」

樫村の顔に苦渋の色がにじむ。ちょうど今の彩奈と同い年ぐらいの若い女性だったという。事故で意識を失い、病院に運び込まれた樫村は、後になって相手の顔の怪我のことを知った。

「事故は樫村さんのせいじゃないんでしょ？」

「それはこっちの言い分であって、彼女からすれば俺の車に撥ねられたことに変わりはないから……謝りたかったけど、弁護士から俺には会いたくないって……」

結局、事故以来、一度も対面できていないという。顔の傷がどうなったのか、整形手術のようなものを受けたのか、詳しいことは何も知らないそうだ。

樫村は人混みでごった返す交差点を見つめる。

「こうやって街でナンパをしていれば、いつかそのコに声を掛けることがあるかもしれないだろ。そのとき、俺が彼女に最初に掛ける言葉は絶対に、君は可愛いね、にしたいんだよ」

この都会にどれだけ若い女性がいると思ってるのか。それは砂の中から針を探すように気の遠くなるような話に思えた。

「まあ、いいオッサンが若い女の子に声を掛けるための口実だよ」

自分語りに照れたように樫村がポリポリと頭をかいた。

「いつか出会えるといいね、その人に」

「おう、彩奈もまたイイ男、見つけろよ」

車椅子の上で樫村が右肘を上げた。彩奈はその手をパチンとタッチし、じゃあね、と歩き出した。

樫村はその背中を優しく見送ると、「さて、もう一声いくか」とつぶやき、車椅子の車輪を回し、人の流れにまぎれていった。

隣の席のモンスター社員

「私って基本、プレイヤーより管理職が向いてるんだよねー」

隣の席から耳障りな高い声が聞こえ、小糸優香《こいとゆうか》はまたか、という顔をした。同僚の横山《よこやま》和恵《かずえ》がおしゃべりを始めたのだ。

オフィスの時計は午前九時を回っていた。朝はメールの返信をしたいのに、忙しいときに限ってこの先輩社員は話しだす。

話題は今朝、社内のイントラに上がった人事発令だった。

「私、思うんだけど、栗原《くりはら》くんは隅田《すみだ》課長の下じゃ力を発揮できないよねー」

和恵は顎に手をあて、異動になった人間や昇進者の名前を眺める。

「彼って優秀だけど、自分が正しいと思ったら引かない人でしょ？　隅田課長は俺についてこいってタイプだから相性悪いと思う」

優香は「そうですね」と生返事をしながら内心でため息をついた。

(出たよ……管理職気どりの人事プラン……)

この人はあの上司が合ってるとか、あの新規事業はあの社員にやらせた方がいいとか、

「私の考えた人事構想」をひたすらしゃべり続ける。

以前こんなことも言っていた。

「私って人の長所や短所が見えちゃう人でしょ。占い師にも、私って人の上に立つ仕事が向いてるって言われてさー」

優香は心の中で毒づいた。

（見えちゃうって、霊能力者か）

だが黙って耐えるしかない。和恵は四十九歳、昔ウチの会社にいたが、結婚・出産でいったん退職。子供が高校生になって子育てが一段落し、昨年から契約社員として再雇用された。

一方の優香は入社して四年目の二十六歳、まだ社内では若手の部類に入る。先輩に「うるさいから静かにしてください」と言える立場ではない。

「表情とかしぐさでも、相手の考えてることがわかっちゃうんだよねー」

また得意げな声が聞こえ、優香の頬が引きつる。

（だったら、私がそのおしゃべりをやめてくれって思ってるのを察してくれ！）

叫びたい気持ちを抑え、ちらっと隣を見る。

髪をサイドに下ろし、目尻と頬を隠して小顔に見せようとしていたが、顔の大きさは隠せない。いつもニタニタしてる目、ぶ厚いタラコ唇、上向いた鼻が絶妙にブス感を出している。体型は小太りで、ぽっちゃりご用達《ようたし》のチュニックのワンピースにレギンスを合わせている。

「ふーん、政府が少子化対策の財源確保に特別税を検討ねえ……」

隣からつぶやきが届き、優香の顔が歪《ゆが》む。

(ううっ、今度は〝お読み上げ〟が始まった……)

ニュースサイトで気になった記事の見出しをつぶやき、どうでもいいコメントをするのだ。

「財源確保とともに、各省庁で重なっている子供の貧困問題への対応などを一括して担い、縦割り打破の象徴とする……か。うーん、遅いよねえ。結局、二重行政になっちゃうんじゃないかなー」

苦行に耐えるように優香は聞き続ける。

(あんた、テレビのコメンテーターか。ていうか、その感想だって、ニュースサイトのコメント欄を適当につまんでるだけじゃん)

メール返信を早く済ませ、午後イチの会議の資料を用意しなくてはならないのに、忙しい時に限って〝お読み上げ〟は延々と続く。

ペットの殺処分ゼロとか、皇室の結婚問題を取り上げ、それぞれに〝薄い〟コメントをしていく。

「へー、そうなんですかー」

優香は生返事を続ける。空気の読めない和恵は、隣の後輩が話を聞いていないことにいっこうに気づかない。

（前に言ってたな。私って空気を読めないんじゃなくて、空気を読まない人だからって……）

万事がこの調子。社内ではモンスター社員として腫れ物扱いされているのに、本人はどこ吹く風である。

ちなみに和恵は会社に復職して以来、もう三度も部署が替わっている。恐らく延々と続く悪口や雑談に閉口し、みなが配属替えを上司に直訴したのだろう。

（はぁー、ツイてない……なんで私がこんなモンスター社員の世話をしなくちゃならないんだろう……）

優香はため息をつきながらキーボードを叩《たた》き続けた。

◇

「課長、お願いがあります。私を別の席に移してください」

ついに優香は上司に直訴した。

「急にどうした？」

四十年配の課長は思いつめた顔の部下に尋ねる。

「横山さんです。このままじゃ仕事になりません！」

優香はこれまでのことを切々と訴えた。朝から雑談に付き合わされて仕事に集中できないこと、生産性が下がり、部署の他の人間も迷惑だと言っていると。

「まあ、待て。おまえも知ってると思うけど、横山は昔ウチの会社にいて、古参の幹部とも知り合いなんだ。社長からもよろしく頼むと言われてな」

「もう限界なんです！」

「時期を見て席替えをするから、もう少しだけ我慢してくれ。厄介なやつかもしれないが、あいつにも愛嬌《あいきょう》はあるんだ。面倒を見てやってくれよ」

課長が拝み倒すように手を合わせる。

面倒を見るなんて、そんな馬鹿な話があるか、と優香は憤った。会社は介護施設ではないのだ。だが、上司に頭まで下げられてはしかたない。不満を覚えながらも優香は引き下がるしかなかった。

◇

その日、優香は疲れた足取りで会社を出た。朝から和恵に付き合わされ、エネルギーの消費が半端ない。

建物を出たところで、営業部の時田達也《ときたたつや》の姿を見かけ、優香の顔がぱっと明るくなる。

「時田さん――」

声を掛けて近づいていく。

時田は二年先輩の営業部のホープだ。きりっとした眉の下にすずしげな眼差《まなざ》し。背が高く、学生時代にサッカーをやっていたせいか、身体《からだ》ががっしりしている。ちなみに独身である。

「お帰りですか？」

「うん、小糸さんも？」

「はい。あの……グループウェアで見ました。今月の営業成績、時田さん、三位なんですね。すごいじゃないですか」

「いや、まだ上に二人もいるわけだから……」

そうやって謙遜するところがまた素敵だった。

「この前の週末、浅野《あさの》さんたちとフットサルをやられたんですか？」

「うん、同期で久々に集まってね」

時田のSNSはこまめに追っていた。社内のサッカー好きを集め、週末たまにフットサルをやっていた。

「あの……私でよければチームのマネージャーをやりますよ。好きなんです。コートを予約したり、飲み会の幹事をやるの」

「ありがとう。でも、ウチのチームは不定期に集まるお遊びチームだから」

「でも橋本《はしもと》さんは行ってるんですよね？」

総務の橋本香澄《かすみ》がたまにフットサルに参加しているのをSNSで見た。独身の時田を狙っている女性社員は大勢いる。香澄に先を越され、優香は焦っていた。

「彼女はマネージャーじゃなくて、ただフットサルが好きだから……」

「そんなの嘘《うそ》に決まってるじゃないですか！」

思わず優香が声を荒らげ、時田がたじろぐ。

「時田さんに近づくための口実です。そういう計算高い女なんですよ」

「…………」

「時田さん、今日はこれからお帰りですよね？　よければ食事でも――」

無理に笑顔を作り、優香がそう言ったときだった。

「あらー、小糸さんじゃない」

聞き慣れた耳障りな声がした。

建物の正面玄関から土管みたいな体型の女が出てきた。横山和恵が笑顔で近づいてくる。隣にいる時田の顔をちらっと見て、いやらしそうに目を細めた。

「あら、えらいイケメンさん……たしか営業部の時田さん、でしたっけ？　聞きましたよ。若手のホープなんですって」

「はあ……」

グイグイくる和恵に時田は若干引き気味だ。無理もない。このおばさん、とにかく圧がすごい。

「これからお帰り？　私も今夜は主人が遅いのよ。よければみんなで食事にでも行かない？」

「あ……すみません。僕、明日の会議の準備を家でしたいので……」

「あら、そうなの……でも時田くん、ワーカホリックになっちゃだめよ。人生は仕事だけじゃないんだから、恋に趣味に人生をエンジョイしなくちゃ」

うふふ、と笑ってウインクすると、時田の顔が青ざめる。「じゃあ、僕、失礼します」とそそくさと逃げるようにその場を立ち去った。

身体の脇で手を握りしめる優香に和恵が言った。

「じゃあ、今日はフラれたガール同士で飲みでも行くか」

「いえ、私も家で用事がありまして……」

声を震わせ、そう言うのが精いっぱいだった。

「こらこら、先輩の誘いは断らないもんよ。さ、行きましょう」

「あの、ちょっと、横山さん――」

強引に肘をつかまれ、優香は引きずられていく。

◇

夜の街に消えていく二人の女を、オフィスの窓から男たちが見下ろしていた。一人は人事部長で、もう一人は優香の所属する部署の課長である。

「横山さんを小糸くんの隣の席にしたのは正解だったようだね」

「ええ……そうですね」

課長が複雑そうな顔でうなずく。

「小糸くんも困った人です。これまで男性社員に何度もストーカーまがいのことをして、人事のセクハラ窓口にも苦情がきてますからね」

「申し訳ありません……彼女は惚《ほ》れっぽいというか、好きになると他のことが目に入らなくなるんです」

片思いをしている男性社員のSNSを突き止め、退勤時に出待ちをしたり、自宅で待ち伏せしたりしていた。人事も手を焼くモンスター社員だった。

「時田くんでもう三人目です。一回目は戒告、二回目はけん責。もうイエローカードが二枚。本来ならレッドカードですよ」

「はい、承知しております」

重い顔で課長はうなずいた。また色恋沙汰のトラブルを起こせば、小糸優香は諭旨解雇となってもおかしくない。

「でも、横山さんのおかげで小糸くんの暴走は止められてるようですね」

人事部長が言うと、課長がうなずいた。

「今は男性社員にストーカーをするエネルギーがないようです」

「さっき小糸くんを連れて飲みに行ったようですから、彼女が諭してくれるでしょう。横山さんの人を説得する技術はすごいですからね」

「噂《うわさ》にはお聞きしています。現役時代はそうとうなやり手の営業部員だったとか……」

「あなたも含め、今の若い世代は知らないと思いますが、ウチの会社がここまで大きくなれたのは、若手時代、彼女が次々に大きな受注をとってきたからなんです」

カリスマ営業部員だった和恵が出産で辞表を提出したとき、社長は彼女の夫や両親にまで慰留をしに行ったという。

「会社の規模が大きくなるにつれて、面倒な社員も増えてきました……」

人事部長がため息まじりにつぶやく。

セクハラだのパワハラだの、人事部には毎日のように通報が届き、人事の社員だけでは手が回らなくなっていた。

「横山さんを呼び戻してはどうかと言ったのは社長なんです。本人も悩んだようですが、無理を言って復職してもらった甲斐《かい》がありました」

小糸優香のようにセクハラを起こす問題社員、パワハラをする社員、あるいはメンタルを病んだ社員の隣に横山和恵をあえて配置した。

あるときは説教し、あるときは励まし、愚痴を聞くなどして、様々なやり方で和恵は社員を立ち直らせてきた。

小糸優香をどうするかはお手並み拝見だが、彼女にストーカーのように付きまとわれていた時田達也も最近は平穏に過ごせているようだ。

「そうそう、経理部の豊川《とよかわ》くんが上司からパワハラを受けているとか。小糸くんの件にカタがついたら、横山さんにはまた異動してもらうことになりそうです」

「これで四度目の異動ですか……本当にご苦労様です」

会社でそんな会話がなされているとも知らず、飲み屋のカウンターでは、和恵のトークに付き合わされ、げんなりする優香の姿があった。

世話をしているつもりが、実は世話をされていたのは自分だと、当のモンスター社員が気づくことはなかった。

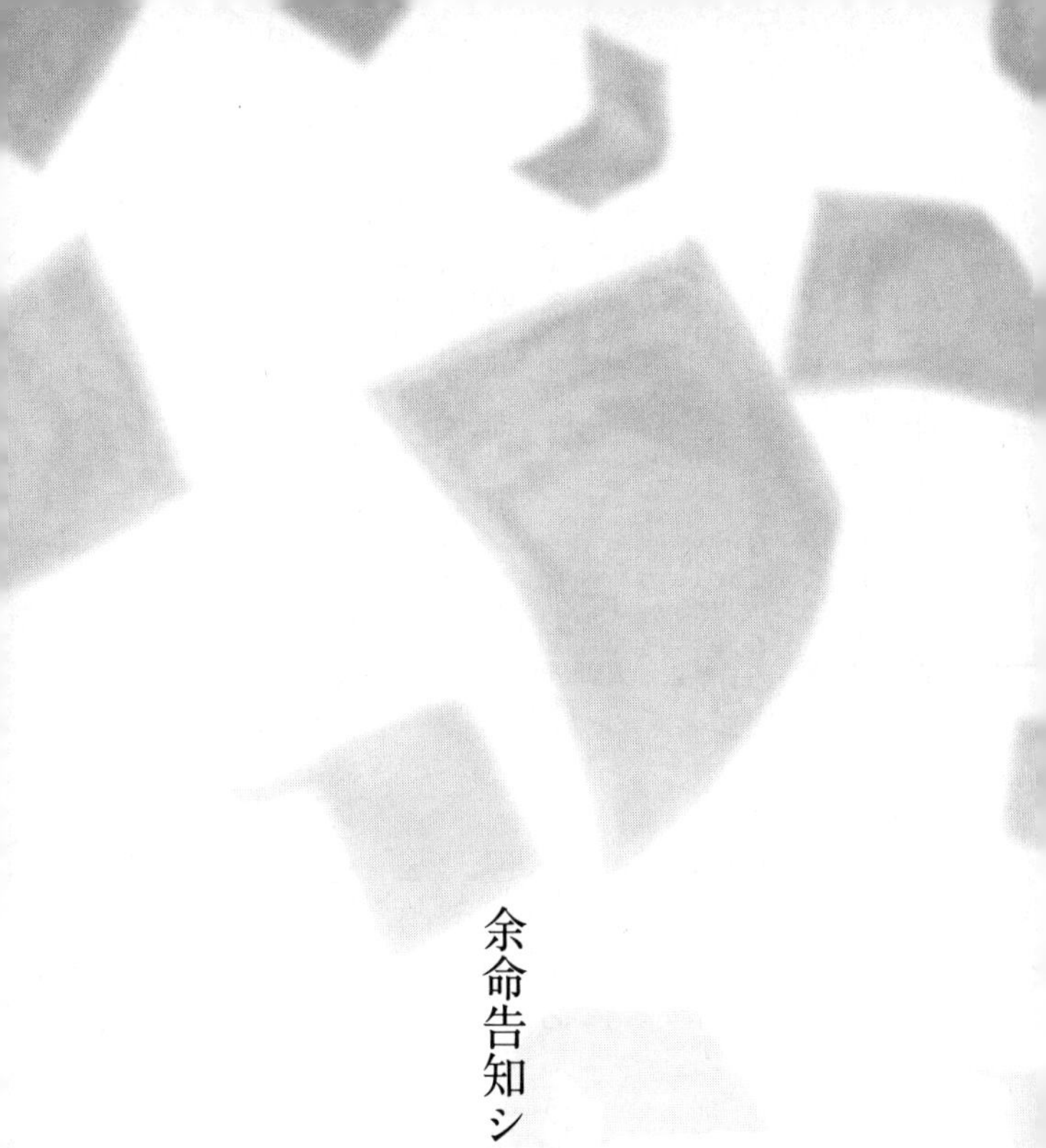

余命告知シミュレーション

「あー、いやだなぁ……」

白衣を着た青年医師が頭を抱えてため息をついた。机のディスプレイには女性患者のカルテが表示されている。

「どうかされたんですか？」

若い看護師の細川栞《ほそかわしおり》が尋ねる。

「なんで僕が高橋《たかはし》さんに余命告知をしなきゃならないんだろ。こういうのって主治医がするべきだよね」

「先生は主治医じゃないですか」

「僕は緩和ケア医だよ。癌《がん》の診断をして手術を執刀した医者か、抗がん剤治療をした腫瘍内科の医者が伝えるべきだよ。手の施しようのなくなった患者を緩和ケアに丸投げして、余命告知もしろなんてひどすぎるよ」

西野圭太《にしのけいた》は苦々しい目をディスプレイの電子カルテに向けた。

高橋瑤子《ようこ》（六十七歳）――三年前に胃がんが見つかり手術をしたが、一年前に腹膜に転移。抗がん剤でも改善の余地がなく、一ヶ月ほど前、圭太が働く病院に紹介状を持って転院してきた。

（ようはもう打つ手がなくなって、ウチに押しつけたんじゃないか……）

今日の午後、患者本人が来院する。その場で抗がん剤治療の打ち切りを勧め、余命告知をしなければならない。

「でも先生、患者さんに告知をするのは別に初めてってわけじゃないんでしょ？」

「いや、初めて……」

「マジですか？」

栞に素で言われ、圭太は顔をしかめる。

緩和ケア医になって日が浅かったことに加え、これまでは手術を受け持った病院の主治医が余命告知をしていたので出番がなかったのだ。

「あー、憂鬱だなー、やりたくないなー」

机の上に肘をつき、頭を抱えこむ。

「しっかりしてください。先生が言わなきゃ誰が言うんです」

「わかってるけど……高橋さんって寡黙っていうか、なんか気難しそうな人じゃない？いつも〝はい〟とか〝いいえ〟とか、必要最低限のことしか言わないし……」

「たしかに……」

いつも隙のない服装で、診察時も背筋がぴしっと伸び、なんというか昔の〝武士の妻〟のような古風な女性だった。お茶とか着付けの師範なのではないかと、みなで噂《うわさ》をしていたが真偽はわからない。

圭太がボヤくように続ける。

「同期の腫瘍内科の医者なんだけど、余命を告知したら患者さんに摑《つか》みかかられて殴られそうになったって……僕、暴力とかすごく苦手なんだよね」

栞が「わかりました」と言った。

「私が高橋さんの役をやりますから、先生、私とシミュレーションをやってみましょう」

「シミュレーション？」

「余命告知の予行演習です。練習しておけば気構えができるでしょう？」

圭太は少し首をひねった後、なるほど、とうなずいた。

「わかった。やってみるよ」

慣れない余命告知の事前練習ができるのは助かった。栞は経験不足の青年医師を気の毒に思ってくれたのだろう。

「じゃあ、患者さんが診察室に入ってくるところから始めますね」

栞が「ガラガラ」とコントのようにドアを開ける音を声に出し、患者が部屋に入ってきた風を装う。

どうぞ、と圭太は診察用の椅子をすすめ、ディスプレイを見ながら言った。

「えー、さっそくですけど高橋さんの余命は――」

ストップ、と栞が手で止めた。

「いきなり？　とりあえず時候の話題とかから入った方がいいんじゃないですか」

「僕、そういうの苦手なんだよね……」

「なんでもいいんですよ。当たり障りのない話題なら。あと、パソコンのディスプレイを見るのはやめましょう。患者さんの顔を見て話してください」

「人の目を見ながら話すのは、なんか気まずいっていうか……」

圭太はもともと繊細な性格だった。つい相手の心情を慮《おもんばか》ってしまい、発言を控えたり、持って回った言い方をしてしまう。

栞が困ったように新米医師を見つめた。

「先生、なんで緩和ケア医になったんです？」

「緩和ケアって治療の選択肢が限られてるだろ。手術に失敗して責められたり、医療過誤で訴えられることもないし……」

「でも重病で末期の人が来るところでもありますよね」

「告知を受けた人が来るところだと思ってたから……」

青年医師は遠慮がちに続ける。

「スマホのチャットアプリで伝えるとかダメかな？　あなたの余命はあと五ヶ月ですって」

「どんなスタンプつけるつもりですか」

栞が怒りを押し殺した声で睨《にら》み付ける。

「わかったよ。そんなに怒らないでよ」

はぁ、とため息をついて圭太がボヤいた。

「そもそも余命告知ってなんでしなきゃならないんだろ」

「患者さんへのアンケートでは76％の人が余命告知を望んでいるというデータが出ています。それに告知をしないと、患者さんは抗がん剤治療を続けるので、身体《からだ》がボロボロになって亡くなる方も多いんです。ご存じですよね？」

「そりゃ知ってるけどさ……」

本人のためにこれ以上の無駄な治療を止めさせるのが「余命告知」なのだ。

「で、実際に高橋さんの余命は先生の見立てではどれくらいなんですか？」

「五ヶ月ってところかな。まあ、うまくいけばもうちょっといけるかもしれないけど」

転移の状況を考えれば、もって来年の春までという感じだ。今は普通に生活できているが、これから急速に体調の悪化が進むだろう。

「具体的な日数で言うより別の表現で伝えたらどうです？　たとえば来年の桜を見るのは難しいかもしれません、とか。婉曲的《えんきょくてき》にというか、文学的に表現するんです」

「文学的か……」

医師の圭太は理系だ。数学や化学は得意だが、国語は大の苦手だった。趣味は天体観測で、小説のたぐいも読まない。

「シミュレーションです。とりあえず言ってみてくださいよ」

わかったよ、と圭太は言い、役者のように重々しい顔を作った。

「そうですね……高橋さんが来年の〝こと座流星群〟を見るのは厳しいかもしれませんね」

栞が眉根を寄せ、微妙な顔をする。

「こと座流星群ってなんですか？　もうちょっと身近な話題はないんですか？」

じゃあ、と圭太は言い直した。

「来年のヤマギシ春の大パン祭りを迎えるのは難しいかもしれませんね」

「なんで大パン祭りなんですか？」

「好きなんだよ、ヤマギシの菓子パン。大パン祭りでもらえるお皿を子供のときからずっと集めてるんだ」

腕を組んで押し黙る栞に、圭太は教師に見放された生徒のような気持ちになり、食い下がった。

「あえて告知をしなくてもいい気がするんだよね。きっと高橋さんもわかってるよ。あうんの呼吸っていうのかな。日本人ってそういうの得意じゃないか」

「根拠は？」

「今日は旦那さんにも一緒に来てほしいって伝えてあるんだ。家族も呼ばれてるんだから、本人も薄々気づいてるよ」

「でも、良い方に考える人もいますよ。医師が余命を言わないいんだから、自分は大丈夫なんだろうって」

「そりゃそうなんだけどさ……やっぱり本人を目の前にして、あなたの余命は五ヶ月ですって言うのはプレッシャーだよ」

うーん、と栞が目を閉じた。やがて、そうだ、と手を叩《たた》く。

「カプランマイヤーの生存曲線を使ったらどうですか？」

カプランマイヤーの生存曲線とは、たとえば同じ病状の人が一〇〇人いるとして、半年後に生きている人は四十六人です、と統計値で伝える手法である。

「なるほど。こんな感じかな。高橋さん、あなたと似た方の病状の場合、これまでの統計では、五ヶ月後に存命されている確率は34％です」

「いいんじゃないですか」

栞が合格点を出すようにうなずく。

「あくまで伝えるのは平均値です。余命五ヶ月と言っても、そりゃ中には三ヶ月で亡くなる人もいるんでしょうけど、逆に言えば一年後に生きている方もいるわけですから」

ようやく圭太の顔に明るい色がさした。

「よし、この方向でいこう」

喜ぶ青年医師に、栞が念を押すように言い足した。

「先生、もうひとつ大事なことがあります。絶対にあなたを見捨てない、最後まで私はあなたに寄り添うと伝えてください。患者さんは見捨てられたと思いますから」

「うん、わかった。ありがとう」

こうして余命告知シミュレーションは無事に終わり、あとは患者を待つだけになった。準備は万全だと思っていたのだが……。

◇

午後、予約していた診察時間になり、高橋瑶子が病院にやって来た。一人だった。旦那さんと一緒に来るかと思ったが、都合がつかなかったようだ。

「申し訳ありません……夫は急な仕事が入りまして、私が一人で参りました」

高橋さんが静かに言った。当初のプランは早くも狂ったわけだが、圭太は動揺を隠して笑顔を作った。

「体調の方はどうですか？」

「変わりないですね」

「ただ、これから辛《つら》くなってくると思います。今日は高橋さんの今後のことについてお話をさせていただけないでしょうか」

圭太が顔を引き締める。ここからが勝負だった。

「私がこの先どれくらい生きられるか、という話でしょうか」

いきなり相手から張り手をかまされ、圭太は声を失った。後ろに立っている栞に椅子をガツンと蹴られ、はっと我に返る。

「ええ、そうです……高橋さんの現在の病状からすると……」

圭太はそこで言葉を切った。

（本当に言っていいのか？　錯乱して摑みかかられたりしたらどうしよう……高橋さんみたいにふだん冷静な人ほど、いざとなると取り乱すかもしれないし……）

琹との予行演習での、人生のイベントを使って余命を婉曲的に伝える話を思い出した。

「その……高橋さんはこれからしたいことはありますか？」

「そうですね……お琴を習ってるんですけど、来年、発表会があるので、それに出たいという気持ちがあります」

「発表会はいつ頃ですか？」

「来年の六月です」

圭太が難しい顔で唇を引き結ぶ。

（六月は厳しい……もって五月……それもあくまで生きているという話で、外を出歩いたり、琴を弾いたりするのは……）

追い打ちをかけるように、患者の方から尋ねてきた。

「先生、具体的に私はあとどのくらい生きられるんでしょうか？」

まっすぐ見つめられ、圭太は息を吞《の》んだ。のらりくらりと逃げ回っていたボクサーがみぞおちに強烈なボディブローを喰《く》らった気分だ。

「その……高橋さんの癌は腹膜に転移し、抗がん剤治療も効果が出ていません……それで……現在は緩和的な措置で痛みを抑えられていますが、今後は身体を動かすこともままならなくなるかと思います……」

「つまり？」

いいかげんなことを言ったら許さないぞ、というすごい目力だ。圭太はうつろな視線を彷徨《さまよ》わせ、乾いた瞼《まぶた》を盛んに開閉する。

「すみません。ちょっとあの……おトイレに……」

看護師の栞のあ然とする視線を感じながら、そそくさと診察室を出る。病院の廊下を小走りに駆け、トイレの個室に飛び込んだ。

（だめだ……僕には余命告知なんてできないよ……）

個室の壁に両手をあて、顔をうつむかせる。

（緩和ケア医になんてならなければよかった……眼科とか耳鼻科にしておけば……）

患者の命に責任を負わされるのがプレッシャーだった。この場から逃げ出したかった（逃げ出したけど）。

白衣のポケットでスマホが振動している。看護師の栞からだろう。しばらく瞼を閉じてじっとした後、圭太はトイレの個室を出て診察室に戻っていく。

栞が話を繋《つな》いでくれていたらしく、圭太が姿を現すと二人が会話を止めた。

「失礼しました」

咳払《せきばら》いをして圭太は椅子に座り直し、重い口を開いた。

「高橋さんの余命ですが……正直、私では診断が難しいです。大学病院の栗山《くりやま》先生にお話ししておきますので、先生に直接、聞いていただけないでしょうか」

栗山教授は大学病院で彼女を最初に受け持った医師だ。三年前、彼女の胃がん手術も執刀している。

トイレで悩んだ末に圭太が出した結論——それは告知を別の医師に丸投げすることだった。申し訳ないとは思うが、自分には責任が重すぎる。

高橋さんは黙って聞いた後、きっぱりと言った。

「先生から聞かせてください」

「ですからそれは——」

声に少し苛立《いらだ》ちをにじませると、高橋さんがキッと睨み付ける。

「私の主治医は西野先生、あなたなんですよ。逃げるんじゃありません。あなたが告知をしなさい」

落ちる。

毅然《きぜん》とした口調に圭太は圧倒された。看護師の栞も息を呑み、診察室に緊張した空気が

「は、はい……わかりました」

青年医師はパソコンのディスプレイに向けかけた視線を止め、目の前の患者を見返した。

「……高橋さん、あなたの余命は五ヶ月ぐらいだと予想しています。ただ、これはあくまで予測です。これまでの統計では、高橋さんと同じ病状の場合、五ヶ月後に存命されている方は34％です」

ただし、もっと早く亡くなる方もいれば、一年後も生きている方もいます、と付け加える。いずれにせよ、今後のＱＯＬを考えれば、抗がん剤治療は止めた方がいいと伝えた。

「……わかりました」

圭太の説明に耳を傾けた後、彼女は静かにうなずいた。

「先生のおっしゃるように抗がん剤治療は止めて、残された時間を有意義に使いたいと思います。今後もよろしくお願いします」

そう言って椅子に座ったままお辞儀をした。美しい所作だった。

「主治医として最善を尽くします」

圭太は目を逸《そ》らさずに応えた。

◇

それから五ヶ月後、彼女は旅立っていった。最後は自宅で、旦那さんや子供たちに見守られ、眠るように安らかに逝ったという。

「高橋さん、看護師だったんだね」

診察室の椅子に座りながら、圭太は手の中の手紙を見た。高橋さんの夫から送られてきた封書で、家族からの感謝が綴《つづ》られていた。

高橋瑤子は大学病院で師長まで務めたベテラン看護師だったという。どうりで肝が据わっているというか、余命を告げられても落ち着いていたはずだ。

「私は教えてもらいましたよ。四十年近く看護師をやってたって。ほら、先生が告知が怖くてトイレに逃げたとき――」

診察室で二人きりになったとき、高橋さんが自らのキャリアを明かしたという。

「……他に何か言ってた?」

「患者を生かすのが医者の仕事なら、患者を死なせるのも医者の仕事だって。人生は上り坂だけじゃない。下り坂を一緒に歩いてくれる人が必要なんだそうです」

命を助けるだけが医師の役割ではないという意味だろうか。まだ経験の浅い圭太にはわからなかった。長い時間をかけてこれから答えを見つける問いのような気がする。

「先生、どうします？　また明日、告知をしなければならない患者さんが来ますけど、予行演習をしますか？」

少し沈黙した後、圭太は、いや、と首を振った。

「大丈夫。ちゃんと一人で伝えられるよ」

もうトイレに逃げ込んで泣いたりしない。患者の人生に責任を持ち、最後まで最善の治療をしてみせる。緩和ケア医は、人生の下り坂を伴走するパートナーなのだから。

死刑社会見学

「では、これより刑場に入ります」

刑務官に案内され、制服姿の生徒たちがゾロゾロと処刑場に入っていく。

そこは白いコンクリートの壁で囲まれた、清潔そうな十畳ほどの空間だった。一方の壁だけがガラス張りになっている。

（ダンスの練習場にちょうど良さそうだな……）

部屋を見回しながら場違いに南裕紀《みなみゆうき》は思った。

まぶしいほど明るい蛍光灯が照らす部屋は、壁や床に血の染みひとつない。あえて言えば奇妙に生の匂いがしなかった。

壁際にパイプ椅子が部屋を取り囲むように二列に並べられ、生徒たちは順に腰を下ろしていく。裕紀は角にある後列の椅子に座った。

「これからみなさんには死刑を見学していただきます」

制服姿の刑務官が生徒たちの顔を見渡す。やや垂れ目で、優しそうな容貌の五十年配の男だ。

「高校生のみなさんはもうすぐ選挙権を持つ成人になります。この社会見学を通して、死刑制度の意義をしっかりと理解してください」

椅子に座った生徒たちはメモとペンを手に、刑務官の話に真剣に耳を傾けている。

「では、死刑の流れを簡単に説明します。部屋は上階と下階に分かれていて、ここは下階です。上階の様子はあのモニターに映し出されます」

部屋の天井の隅に大型のディスプレイが設置され、上階の様子が映っていた。藤色のアコーディオンカーテンに閉ざされた部屋には、同じように生徒たちが座っていた。

(下の階でラッキーだったな……)

上階は絞首刑になる直前の死刑囚の様子が見られるが、やはり裕紀は死ぬ瞬間の人間に興味があった。

「執行されると上の落とし戸が開き、死刑囚が落ちてきます」

刑務官が天井を指さし、裕紀は顔を上向かせた。天井の高さは四メートルぐらいで、真ん中に百センチ四方の四角い枠があった。

「落とし戸は油圧式で、開閉させるボタンは三つあります。三人の刑務官が同時に押します。誰が押したかはわかりません。刑務官の精神的な負担を軽減するためです」

落とし戸の真下の床には格子の排水溝があった。

（絞首刑にされた囚人は、大便も小便も垂れ流しだって聞いたけど……）

落下の衝撃で目玉が飛び出るとも聞いていた。すべてネットの噂《うわさ》だ。

中年の刑務官がそばに控える二人の若い刑務官を紹介する。

「刑務官の田中《たなか》くんと井上《いのうえ》くんです。落ちてきた死刑囚の足を押さえて、ご遺体を棺《ひつぎ》に移す仕事をしてくれます」

さらにもう一人の白衣の男性を紹介する。

「医務官の工藤《くどう》先生です。死亡確認をしてくださいます」

ガラスの向こうに目を向けると、バルコニーのような場所に背広姿の男性が四人立っていた。

「あちらにいらっしゃるのは立会人のみなさんです」

拘置所長や検察官など、ようは〝お偉いさん〟たちだ。あの場所からは上階と下階がどちらも見渡せるという。

「質問はありますか？」

はい、と優等生の星野明奈《ほしのあきな》が手を挙げる。

「縄は使い捨てですか？」

「洗って使い回しをしています。特注などではありません。ホームセンターなどで売られているごく普通の縄です。古くなったら職員がホームセンターに買いに行くんですよ」

冗談のつもりで言ったらしいが誰も笑わず、照れ隠しのように刑務官が咳払《せきばら》いをした。

別の男子生徒が、はい、と手を挙げた。

「死刑囚は苦しむのでしょうか？」

「苦しみません。落下した瞬間に脳虚血に陥り、即座に意識を失います。そうなるように縄の長さと落下距離は緻密に計算されています。今回の死刑囚は体重六十四キロなので二メートルの落下で失神します」

積極的に質問をする生徒たちを、部屋の隅から青年教師が頼もしそうに見守っている。担任の須藤《すどう》は三十代半ばと若いこともあり、生徒たちから慕われている。

裕紀は制服のズボンのポケットに手を入れ、スマホを握りしめた。

（本物の死刑を見られるチャンスなんて二度とない……絶対に動画を撮ってやる……）

拘置所に入るとき、スマホを回収されたが、渡したのはダミーの古いスマホだった。今、裕紀のズボンのポケットには別のスマホが入っている。

「では質疑応答はこのぐらいにしましょう。そろそろ執行が始まります」

全員がモニターを注視する。藤色のカーテンが開き、二人の刑務官に付き従われてグレーのスウェットの上下を着た男が姿を現した。

年齢は二十代の半ばぐらい。どんな罪をおかした囚人かは処刑場に案内される直前に教えられた。

(三原和志《みはらかずし》、二十七歳……杉並区内の一軒家に押し入り、両親と高校生の娘の三人をナイフで惨殺……)

その残虐性で日本中を震撼《しんかん》させた。まさか社会見学する死刑が、あの有名な杉並一家殺害事件の犯人とは思わなかった。

(こんな大物の死刑執行に〝当たる〟なんて、僕はついてるな……)

刑務官が両膝を縄で縛った。もう一人の刑務官が頭に頭巾を被《かぶ》せようとすると、男が突然、暴れ出した。

「やめろ! 俺はえん罪だ。俺は誰も殺してない!」

モニター越しに男の叫び声が聞こえ、生徒の間に動揺が広がる。裕紀も眉根を寄せた。えん罪……と言ったのか?

「みなさん、落ち着いてください」

垂れ目の刑務官が静かな口調で言った。

「死刑囚はみんなえん罪だと言うんです。安心してください。厳正な裁判を経て、彼の有罪は確定しています」

だが男は叫ぶのを止めない。

「俺は無実だ！　真犯人は別にいるんだ！」

これ以上、不規則発言をされては困ると思ったのか、刑務官が無理やり頭巾を被せ、首に縄の輪を掛け、さっと離れた。

即座にダーンとバネの跳ね上がるような音がして、天井から黒いものが落下してきた。大きくバウンドした後、ブランブランと激しく身体《からだ》が左右に揺れた。

下にいた刑務官が必死で足を押さえるが、死刑囚の身体がブルブル痙攣《けいれん》するのが、裕紀の目にもはっきりとわかった。

「このまま二十分ほど待機します」

刑務官の声がしたが、裕紀は耳に入らなかった。生徒たちが息を呑《の》んだように吊《つ》り下げられた肉体を見つめる。長いようで短い、恐ろしく冷たい時間が過ぎた。

「もういいでしょう」

上司に言われ、若い二人の刑務官が死体を下ろし、コンクリートの床に横たわらせ、首から縄をほどいた。

「みなさん、どうぞ前の方へ。見えるところまで来てください」

生徒たちがパイプ椅子から立ち上がり、死体の周りに集まる。

刑務官が頭巾をとった。死に顔は普通に眠っているようだった。目玉が飛び出したり、大小便を垂れ流したりもしていない。首に青紫色のさく状痕が残っているぐらいだ。ただ——

(首が伸びてる……?)

落下の衝撃だろう。気味が悪いほどニュッと首が伸びていた。無理もない。二メートル以上の高さから落とされ、全体重が首にかかったのだ。

ガラス戸の向こうにいた立会人たちがぞろぞろと処刑場に入ってきた。

若い刑務官が上下のスウェットを脱がせ、全裸にして検死を始める。横にして、うつ伏せにひっくり返す。最後に再び仰向《あおむ》けに戻す。

白衣の医務官が胸に聴診器をあてた。

「十時三十四分、死亡を確認しました」

別の刑務官が台車で棺桶《かんおけ》を運び入れ、遺体を移した。部屋の脇にある専用のエレベーターに棺を入れ、ボタンを押した。扉が閉まり、上階に運ばれていく。

「これで執行は終了です。お疲れさまでした」

中年の刑務官が告げ、生徒たちは処刑場の外に出た。みな無言だった。

その後、守秘義務などの注意事項を聞かされ、記念グッズのキーホルダーをもらった。

拘置所の外に出るときに預けていたスマホも返却された。

観光バスで拘置所の門を出るとき、外に市民団体が集まっているのが見えた。「野蛮な死刑に反対します」「死刑をなくそう！」「ストップ死刑」などと書かれた横断幕を掲げている。

中年の女性たちが拡声器でシュプレヒコールをしていた。

「死刑制度は日本の恥だ！」

「看守は人殺しだ！」

「おまえたちのやったことは殺人だ！」

市民団体の中に制服姿の高校生ぐらいの少女が交ざっていた。「三原和志はえん罪です」と書かれた紙を胸の前に掲げている。

（あの死刑囚の家族か……？）

執行は後日、発表される。彼女はまだ三原和志に刑が執行されたことを知らないのだろう。

バスの窓越しに少女と目が合い、裕紀は気まずそうに視線を逸《そ》らした。

◇

だが、翌日になっても三原和志の死刑は発表されなかった。一週間たっても新聞に記事が出ず、生徒たちもこれはおかしい、と噂していたときだった。

朝のホームルーム、担任の須藤が妙に深刻な顔つきで教室に入ってきた。

「みんな、冷静に聞いてほしい。実は君たちが見学をした死刑囚の事件なんだが……真犯人が見つかったらしい」

理解するまで五秒ほどの時間がかかった。

(馬鹿な……じゃあ、あの人は本当にえん罪だった……?)

しかめ面で須藤は教壇から告げた。

「法務省から今回の件についてはいっさい外部に洩《も》らさないように通達があった。いろいろと調べ回っているマスコミもいるようだが、絶対に何も答えないように。いいな?」

ザワめく生徒を「静かに!」と一喝する。

「今回の社会見学はレポート提出は不要だ。すでに提出されたレポートはこちらでシュレッダーにかけておく」

須藤はそう言うと教室を出て行った。

◇

翌日、ようやく三原和志に関する記事が出た。下校中の裕紀は足を止め、スマホに目を落とした。

《東京拘置所（東京都葛飾区小菅《かつしか》《こすげ》）は、杉並一家殺害事件で死刑が確定していた三原和志（二十七歳）が死亡したと発表した。拘置所内で意識不明で発見され、病院に搬送されたが、午前十時三十四分に死亡が確認された。関係者によると、パジャマのズボンを洗面台の蛇口に結び、座った状態で首を吊ったとみられている》

ネットニュースに裕紀は目を疑った。

（自殺だって……？）

記事では同時に、真犯人と思われる容疑者が見つかったとも報じられていた。死刑が執行されてしまったため、法務省は三原が自ら命を絶ったことにしたのだろう。

少年はスマホ内の動画を見た。そこには絞首刑の映像が残っていた。

（これが外部に流出したら大変なことになる……）

とんでもないものを撮ってしまった。さっさと消せ、消したほうがいい……心の声に押され、裕紀の指が「削除」のボタンに伸びたときだった。

「あの……青海《せいかい》高校の生徒さんですか？」

道で背後から声をかけられ、あわててスマホをポケットにしまう。制服姿の美しい顔立ちの少女が立っていた。どこかで見た記憶があった。

（あのときの女のコか……？）

拘置所の外で市民団体に交ざっていた少女だ。「三原和志はえん罪です」と書かれた紙を掲げていたので、恐らく関係者なのだろう。年齢からいって、妹とか従姉妹《いとこ》だろうか。

「先日、東京拘置所で死刑執行を社会見学されましたよね？」

「はい……」

「三原和志のことで何かご存じではないですか？　みなさんが社会見学をされた日に拘置所内で亡くなっているんです」

裕紀は黙って少女の顔を見つめた。執行後に真犯人が見つかり、法務省が事実を隠蔽したことを彼女は知らない。

「本当は死刑が執行されたのではないですか？」

脳裏にえん罪を叫ぶ三原和志の声と、宙でブラブラと揺れる身体がよみがえる。

「すみません……守秘義務があるので何もお話しできないんです」

かすれた声で言った。担任の須藤から、もしマスコミに取材されたらそう答えるように指導されていた。

「お願いです。本当のことを教えてください」

裕紀は反射的に制服のズボンのポケットに手を入れた。指先に固いスマホの感触が当たる。

「……なんで、僕のところに?」

社会見学に行った生徒は他にも大勢いる。なぜ自分なのか。

「バスで拘置所を出るとき、あなたと目が合ったので……」

裕紀は後悔するように奥歯を噛《か》んだ。制服姿の少女は目立ったし、可愛《かわい》らしい顔立ちだったのでつい見てしまった。

「お願いです。あなたしか頼れる人がいないんです」

汗ばんだ手でズボンの中のスマホを握りしめたときだった。背後から肩に手を置かれ、弾《はじ》かれたように裕紀は振り返った。

担任教師の須藤が怖い顔で立っていた。

「南——ちょっと来い」

肘を摑《つか》まれ、強引に近くのビルの物陰に連れて行かれる。

「スマホを出せ」

「え……？」

「監視カメラにおまえが隠し撮りをしていた姿が映っていたそうだ」

裕紀はのろのろとポケットから手を出し、教師にスマホを渡した。

「データを消したらスマホは返してやる。コピーはとってないな？」

じろっと睨《にら》まれ、裕紀は黙ってうなずく。須藤が疲れたようにため息をつく。

「もう執行されたんだ。余計なことを考えるな。来年は成人になるんだ。大人の生き方を学べ」

裕紀は顔をうつむかせる。屈辱なのか、怒りなのか自分でも説明のつかない感情で顔が熱くなる。

立ち去りかけた須藤が足を止めた。

「おまえ、K大の推薦を欲しがってたな？　あれ、なんとかなるかもしれないぞ」

裕紀は身体の脇で拳を握りしめる。口止めの交換条件というわけだ。押し黙る少年に須藤は苦笑いし、「明日、学校でな」と言ってその場を立ち去った。

裕紀は辺りを見回した。少女はいなくなっていた。教師が現れたので姿を消したのだろう。

裕紀は反対のズボンのポケットに手を入れ、中からスマホを取り出した。拘置所で使ったのと同じ手口だ。須藤に渡したのはダミーの古いスマホだった。

手の中の黒い筐体《きょうたい》に少年は目を落とす。

(大人の生き方を学べ……か)

十八歳で成人になると言われても正直ピンとこなかった。だが今は〝大人になる〟とはどういうことかわかった。

それはあったことから目を逸らし、都合のいい嘘《うそ》をつき、大人たちが望む行動をする人間になるということだ。

脳裏にさきほどまで話していた制服姿の少女の顔が浮かぶ。

(可愛いコだったなぁ……名前を聞いときゃよかった)

裕紀はスマホをいじり、ネットの動画配信サイトを開いた。拘置所で撮影した動画をアップロードし、「三原和志の死刑執行動画」とタイトルを付ける。

画面をじっと見つめた後、「公開」のボタンを押した。

◇

(ここか……)

週末、私服姿の裕紀は雑居ビルのドアの前に立っていた。扉の横には『ＮＰＯ　死刑廃止ネットワーク』と書かれた看板がかかっている。

ドアのノブを回し、失礼します、と言って室内に入る。十畳ほどのこぢんまりしたオフィスだった。

デスクに座っている四十代ぐらいの女性に声をかける。

「あの……お電話を差し上げた南といいますが……」

「ああ、南くん？」

女性が笑顔で立ち上がり、応接スペースに案内された。グラスでお茶を出され、ソファテーブルで向かい合う。

「ありがとう。あなたが公開してくれた動画のおかげで、この国の死刑廃止運動に勢いがついたわ。あなたはヒーローよ」

「はあ……」

なんだかこそばゆい。担任の須藤に言いくるめられるのに反発し、半ば勢いで動画を公開してしまった。

反響はすさまじかった。動画は三百万回再生されたところで運営に削除されたが、コピー動画が世界中に拡散した。えん罪の人を死刑にし、さらにはその事実を隠ぺいしようとしたことが映像で明らかになり、自国の死刑制度のあり方について大きな議論を呼んだ。

「お役に立てて良かったです」

あれ以来、学校では〝腫れ物〟のように扱われている。K大の推薦はもらえないだろうが、もうどうでもよかった。

「どうして動画を公開しようと思ったの？」

「三原さんの妹さんに本当のことを教えてほしいと言われたので……」

真実を伝えられなかった申し訳なさがあった。今日ここに来たのは、彼女と再会できないかと思ったからだ（可愛いコだったというのも大きな理由だったが）。

女性が困惑した顔で首をかしげる。

「三原くんに妹さんはいなかったと思うけど……」

「じゃあ従姉妹の方かもしれません。執行があった日、拘置所の前でみなさんと一緒に活動をされていませんでしたか？　学校の制服姿で……」

「学生さんかしら。でも平日の午前だったし、制服姿の若いコがいれば目立つし、覚えてると思うけど……」

三原和志は一人っ子だったし、彼の関係者で、このNPOの活動に加わっている人間はいないという。

（じゃあ、あのコは誰なんだ……？）

裕紀の視線がふと女性の背後に向いた。壁のボードに新聞記事のコピーが貼ってあった。少年がソファから立ち上がり、ボードに近づく。モノクロの写真に、両親らしき夫婦と制服姿の少女がいっしょに写っていた。

「このコです！」

裕紀は記事のコピーを指さす。顔を見てすぐにわかった。あの少女だ。

だが、女性はますます困惑した顔になった。

「見間違えじゃないかしら？」

「いえ、間違いありません。このコです。拘置所の前で『三原和志はえん罪です』っていう紙を掲げて、僕に会いに来たコです」

「……それは無理ね」

「いえ、本当に――」

裕紀の言葉を遮るように女性が言った。

「だってその女の子は、杉並一家殺害事件の被害者だから」

「え……？」

改めてボードの記事を見る。それは家族三人が惨殺された事件を報じる内容で、写真も在りし日の被害者の家族を紹介するものだった。

「似た人を見たんじゃないかしら？」

女性が苦笑しながら裕紀の顔を覗《のぞ》き込む。可愛いコだから、そういう気持ちになってもしかたないわね、という表情だ。

「いえ……すみません。僕の誤解でした」

その後の会話は頭に入らなかった。女性から死刑廃止運動への参加を熱心に求められ、考えておきます、と答えて裕紀は事務所を後にした。

（彼女は僕が映像を持っているのを知ってて会いに来たんだ……）

犯人に殺害された被害者だけが、三原和志が犯人ではない、と知っている。

死刑の執行は防げなかったが、せめて真実を伝えてほしいと頼みにきたのだ。もしかすると真犯人が見つかったのも彼女の力かもしれない。

裕紀は事務所で渡されたチラシに目を落とした。死刑廃止運動の内容が報じられていた。大学に入ったら、もっと死刑のことを勉強してみよう。法学部に行き、裁判官や弁護士を目指すのもいいかもしれない。

（あーあ、可愛いコだったのになぁ……）

裕紀はチラシを折りたたみ、ズボンのポケットに入れると、陽光の下を歩き出した。

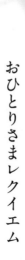

おひとりさまレクイエム

「ねえ、なんでみんな春に桜を見に行くのかしら？　私は新緑の桜の方が好きよ。緑の葉が生い茂って生命力にあふれてる感じがするもの」

介護用ベッドの背を起こし、年配の女性が窓に目を向けていた。外壁の向こうには満開の桜が咲き誇り、春の陽光が降り注いでいる。

女性の肌は青白く、眼窩《がんか》は黒ずんでいた。頭にニット帽を被《かぶ》り、鼻腔《びこう》には酸素供給の透明なカニューレが装着され、ストラップが耳に伸びている。

部屋の隅にある古いレコード台からは、フランスのシャンソン歌手エディット・ピアフの『Hymne à l'amour（愛の讃歌《さんか》）』が流れていた。

「私は春の桜が好きですよ。花見をしながら、みんなでワイワイお酒を飲むのが楽しいじゃないですか」

看護師の天野心音《あまのここね》はそう言いながら、志保《しほ》の指からパルスオキシメーターを外し、タブレットの血中酸素濃度の欄に「96」と書き込んだ。

バイタルチェック表の上部には「北条《ほうじょう》志保　58歳」と記載されている。重い病におかされた容貌は実年齢よりも老けて見える。

「あなた、こういうときは嘘《うそ》でも患者に話を合わせるもんじゃない？」

「ウチの先生の偏屈さが伝染《うつ》ったんですよ」

心音が肩をすくめると、リビングの出入り口に人の気配がした。

「俺は口が悪いんじゃない。正直にモノを言うだけだ」

主治医の水崎悠斗《みずさきゆうと》が部屋に入ってきた。

すらっとした長身を薄い黒のセーターとデニムが包んでいる。意志の強そうな眉の下に、やる気があるのかないのかわからない眼差《まなざ》し。肉厚な唇も含め、基本的に女顔と言える。

年齢は三十代半ばだが、実物はもっと若く見える。腹立たしいが、世間的にはイケメンと言うのだろう。だが――

「さっさとどけ、天野」

とにかく口が悪い。以前、大学病院の救命病棟で働いていて、外科の体育会系ノリが染みついているのか、看護師をコキ使う悪癖が抜けていない。

はいはい、とため息まじりに答え、ベッド横の丸椅子から心音が腰を上げる。入れ替わるように水崎が座る。

「痛みはありますか？」

「ないわ。こんなことならもっと早く麻薬を打ってもらえばよかった」

「麻薬ではなく、オピオイドといって医療用のモルヒネです。礼ならこいつにどうぞ――」と視線を心音に流す。「天野はヤクに詳しいですから」

「人をヤク中みたいに言わないでください。癌性疼痛《がんせいとうつう》認定看護師です」

水崎が、失礼します、と断り、パジャマの胸ボタンを外す。癌で痩せ細った上半身が露《あら》わになる。

右胸のふくらみを覆う尿とりパッドを除去し、ガーゼをゆっくり剝がす。水崎が心音からペットボトルを受け取り、温めた生理食塩水を流しかけて白い軟膏《なんこう》を洗い落とす。花が咲くとか、カリフラワーなどと称される、乳癌特有の赤黒い自壊創が姿を現し、腐敗臭が辺りに漂う。乳房全体を覆う十センチを超える硬い癌の塊は無骨な肉の鎧《よろい》を思わせた。

「私の胸を触ってきた男たちにはもう見せられないわね。先生、私こう見えても若い頃はけっこうモテたのよ」

水崎は、でしょうね、と受け流し、潰瘍の分泌物を柔らかいドレッシング材で拭き取る。そっけない対応に志保が肩をすくめる。

「顔がイイ男ってのはこれだから。先生がその歳《とし》まで独身なのも分かるわ」

赤黒く汚れたガーゼを心音は背後から次々に受け取り、チャックの付いたビニール袋に回収する。

「三十四歳で独身なんて、今どき珍しくもないでしょう」

水崎がガーゼに軟膏をたっぷり塗布し、患部に貼り付ける。横から心音が手を伸ばしてテープで固定し、新しいパッドで乳房を再び覆う。

「それよりこいつに――」

親指で背後にいる心音を指さす。

「誰か紹介してやってください。二十七歳で男っ気が全然ないんですから」

ふーん、と志保が値踏みするような視線を看護師に向ける。

「天野さんはどんなひとが好みなの？」

心音は顎に手をあて、そうですねえ、と首をひねった。

「口が悪くなくて、女性に優しいひとがいいですね」

あてつけるような眼差しを上司に向ける。

「でもいいんです。私、今は仕事が恋人って感じですから」

志保の片眉が持ち上がり、諭すように言った。

「女はもっと欲張りでいいのよ。仕事か恋か、なんて二択じゃなくて、仕事も恋も趣味もぜんぶ楽しめばいいの。産めるなら子供も産んだ方がいいわね」

　北条志保は重い病を患って退職するまで、出版社でファッション雑誌の編集者をしていた。部屋の本棚は彼女のかかわった雑誌や資料本で埋め尽くされている。

「そういう北条さんは、なんでおひとりさまなんですか？」

　訪問診療をするようになって一ヶ月、軽口を叩《たた》き合える間柄になっていた。

「私は周りにイイ男が多すぎたのね。一人に絞れなかったの。結局、生涯独身で天涯孤独。後悔はしてないけどね」

　彼女はもともと一人っ子で兄弟姉妹はおらず、両親はすでに他界し、交流のある親戚もいないという。

「僕も親兄弟はいませんよ」

「あら、先生もそうだったの？」

「ええ、お仲間ですね」

　志保が布団から肘を持ち上げ、水崎が軽く手をタッチする。

「先生は私のような身寄りのない患者ばかり診られているんでしょう？　同じ境遇の人間にシンパシーでも感じてるのかしら」

「独り身の患者の方が仕事がやりやすいんです。やいのやいのとうるさいことを言う親戚や家族がいないので、患者がどうしたいかだけ聞けばいいんです」

「先生って本当にはっきりおっしゃるのねえ……」

まったくだ、と心音は思った。いつか患者の逆鱗《げきりん》に触れるのではないかとヒヤヒヤする。

野鳥の鳴き声に誘われ、志保が窓の外に目を向けた。つられたように水崎が網戸越しに庭を見る。

両親から相続した古い一軒家に彼女は住んでいた。日当たりのいい南向きの庭には、鮮やかな紫のラベンダーや太い茎が立ち上がった赤いアマリリス、オレンジに咲き誇るマリーゴールドなど、色とりどりの花が咲いている。

「あれはハーブですか?」

青年医師の視線の先に、赤いレンガで囲われた一画があった。

「ええ、前はよく紅茶やお風呂に入れていたの」

「少しいただいてもいいですか」

志保が微笑《ほほえ》んで、どうぞ、と答えた。水崎が網戸を開け、リビングに面した窓からサンダルで庭に出た。

ハーブの植えられた一画の前にしゃがんで葉を摘み、家の中に戻ってくる。

「少し台所をお借りします」

水崎が奥のキッチンに入っていく。やがてお盆を手に戻ってきた。お茶の入ったガラスのポットとティーカップがのっている。

ベッドサイドのテーブルにお盆を下ろし、カップにお茶を注ぐと、ハーブティーの香りが鼻先をかすめる。

「どうぞ。ミント、ローズマリー、レモンバームをブレンドしました」

志保がカップをゆっくり口に傾ける。

「おいしい……どんな鎮痛剤よりも効く気がする」

小鳥の鳴き声に誘われ、志保が窓越しに庭のミモザの木を見上げた。黄色い花を咲かせた枝に野鳥のメジロが止まっている。

「私、たくさん恋をしたけど、三十歳の頃に初めて結婚したいと思った人と出会ったの……」

懐かしむように志保が目を細めた。

「歳は私より一回り年上で既婚者だった。子供もいて……出会ったときにはもう奥さんと別居していたけど、離婚はしてなかったわ」

ティーカップを布団の上に置き、独白するように続ける。

「両親は結婚に大反対で……私たち駆け落ちしたんです。その人と一緒になれるなら仕事も何もかもすべてを捨てていいと思ったわ。結局、戻ってきたんだけどね」

若気の至りを恥じるように、志保がいたずらっぽく舌を出す。

「一週間、仕事を休んだけど、上司が機転をきかせて有休を申請してくれていたから、会社を辞めずに済んだの」

息をつき、さみしげな眼差しをカップの中に落とす。

「結局、私はその人と一緒になることを諦めたわ。会社に戻って気づいたの。私は仕事が好きなんだって……結婚しても仕事を続ければいいって思うかもしれないけど、彼は結婚したら私に家に入って、子供を育てて欲しがってた……」

少し沈黙が落ちた後、心音が尋ねた。

「その人はどうされているんですか?」

「結局、奥さんとは別れて……何年か後に別の人と再婚したと聞いたわ」

おだやかな表情に後悔の色はなかった。

「もし彼と結婚していたら、と思ったことはあるわね。家庭に入って、子供を育てて……でもねえ、私がいいお母さんになれたとは思えないの」

志保は自嘲するようにつぶやき、カップのハーブティーを口に含んだ。

「結局、結婚したとしても、やっぱり私は仕事をとった気がする。だから、一緒にならなくてよかったのよ」

きっぱりと言ってから心音に顔を向けた。

「天野さん、無理にとは言わないけど、あなたはぜんぶ手に入れてね。仕事も、結婚も、子供も。昔に比べれば今は周囲の理解もあるし、いろんな制度も整っているんだから」

横で話を聞いていた水崎が、隣にいる部下の看護師を白けたように指さす。

「こいつ、結婚したら仕事はしたくないって言ってますよ。玉《たま》の輿《こし》に乗って専業主婦になるんだって」

心音があわてたように手を振る。

「ちょ……先生！　そんなことないですよ。私はずっと看護師の仕事を続けます。そりゃ子供ができたらしっかり産休はいただきますけど……復帰します。せっかくとった国家資格を無駄にはしません」

ふふ、と志保さんは笑った後、ゴホゴホとせき込んだ。カーディガンの背中を心音がさする。

ハーブティーを飲み、落ち着きを取り戻すと、志保が部屋の書棚に目を向けた。

「私が働いた時代は雑誌に元気があった……でも今はもう全部ネットよ。私みたいな紙の編集者は時代遅れなの。昔かかわった雑誌もみんな休刊になって、当時の仲間たちもバラバラ……」

「私は紙の雑誌、好きですけどね。情報がコンパクトにまとまっていて」

心音がフォローすると、志保が優しげに目尻を下げる。

「ありがとう。でもいいの。仕事でやりたいことはやり尽くした。私の人生の最後の望みはただ静かに逝くだけ。亡くなるときは死神が見えるって言うでしょ？　私、楽しみにしてるのよ。どんなお迎えが来るのか」

「それは医学的にはせん妄と言います。洗面所に誰かが立ってるとか、見えない人が見えるのは脳の錯覚です」

せん妄は終末期の典型的な症状だ。夜間や突然の吐血の後などに起こることが多い。幽霊の正体と言われている。

「あら、そうなの……夢がない話ね」

心音が足先で上司のすねを軽く小突くと、水崎があわてて言い繕う。

「ですが、せん妄に出てくるのは、その人がいちばん会いたかった人だそうです。臨終の際に会いたい人に会わせてくれる、脳の素敵な機能の一つと言われています」

「ふふ、楽しみね。私には誰がお迎えに来るのかしら……やっぱり過去に付き合った男たちがいいわね。今の頭の薄くなったおじさんの姿じゃなくて、若いときの姿で来て欲しいわ」

茶目っ気たっぷりな言い方に心音は笑った。長い人生をおひとりさまで貫いてきた志保には何ものにも依存しない孤高の美しさがあった。

「できるなら楽に死にたいわ。ねえ、先生、私が苦しんでいるようだったら〝お薬〟を使ってね」

薬とは鎮静剤のことだ。患者を眠らせ、終末期の苦痛を緩和することをセデーションと呼ぶ。特に亡くなる直前の鎮静剤の投与はターミナルセデーションという。

「はい、わかっています」

水崎が約束し、志保が安堵《あんど》の表情を浮かべる。

「あとは先生のバイオリンね。美しい音楽を聴きながら逝きたいの」

「訪問診療で楽器は持ち歩きませんから」

水崎は音大を二年で中退し、医学部へ入り直した変わり種だった。二十代はほとんど学生をやっていたという。この青年医師にどこか少年っぽい青臭さが残っているのはそのせいだろう。

「車にバイオリンを載せておけばいいじゃない。そのくらいの場所はあるでしょ」

志保からプライベートを根掘り葉掘り尋ねられ、音大に通っていたことを白状させられた水崎は、後日バイオリンを持ってこさせられ、このリビングで演奏会をさせられた。

それは見事な腕前だった。ただ、なぜ水崎が音楽の道を諦め、医者を目指したのかは決して語ろうとしない。

志保は古いレコードを収集するのが趣味だった。特にフランスのシャンソン歌手エディット・ピアフのファンで、リビングにあるレトロなレコード台からはよく彼女の曲が流れていた。

「私、先生のバイオリンで大好きなピアフを聴きながら逝きたいの。セデーションとバイオリン――先生、これは患者である私との約束よ」

「……わかりました。できるだけご要望にお応えするようにします」

押し切られるように水崎は承諾した。

◇

別れのときは突然やってきた。

訪問看護ステーションの看護師から北条志保の容態が急変したと伝えられ、心音と水崎は彼女の自宅に駆けつけた。時計は夜の二十一時を回っていた。

ベッドでは志保が苦しそうに喘《あえ》いでいた。チアノーゼで顔が青紫色に変わっている。訪問看護師が耳たぶに挟んだ機器の数値を見る。

「酸素飽和濃度《サチュレーション》、79です」

「カニューレをリザーバーマスクに変更して五リットルに。ナルコーシスに注意」

水崎が指示を出した後、志保の耳元で呼びかけた。

「志保さん、僕の声が聞こえますか?」

瞼《まぶた》が弱々しく持ち上がる。視線は焦点を結んでいない。

「痛みはありますか?」

志保が小さくうなずき、かすれ声で言った。

「先生……お迎えの人、誰も来なかったわ……」

虚《うつ》ろな顔にかすかに苦い笑いがにじむ。

「私……最後までひとりぼっちね……」

苦しげに眉間に深いシワを寄せる。

「……楽にして……」

かすかにそれだけ聞き取れた。

「薬を入れると、あなたは深い眠りについて意識が戻らない可能性があります。それでもかまいませんね？」

医師の問いかけに志保の顎が小さく動く。水崎が立ち上がり、セデーションの準備に移った。

心音が肘の上を駆血帯で締め、腕をアルコール綿で消毒し、注射針を穿刺《せんし》する。留置針《サーフロ》をテープで固定し、カテーテルを接続する。

水崎が催眠鎮静剤をアンプルから注射器に吸い上げ、カテーテルに刺し、最期にもう一度だけ、志保の顔を見る。

布団からはみ出した痩せ細った女の手が、何かをつかもうとするかのようにわずかに持ち上がり、水崎がその手を握る。

注射器のシリンダーが押し込まれ、静脈にゆっくり薬液が投与されていく。ふっと微笑んだような顔をした後、眠るように志保は瞼を閉じた。

患者の容態が安定し、後はバイタルサインを見守るだけになった。水崎は「後はこちらで診ます」と訪問看護師に告げ、家を出て行かせた。

心音が電気ポットからお茶を淹《い》れ、ベッドそばの丸椅子に座る水崎のもとへ湯飲みを持っていく。

二人は言葉を交わすことなく、静かに眠る志保を見つめた。やがて、ぽつりと心音がこぼした。

「さっき志保さんが自分はひとりぼっちだって言ったとき、私、何も言えなくて……志保さんはひとりじゃないって言うのは簡単でしたけど……」

自分たちが訪問診療に訪れるようになって三ヶ月、結局ただの一度も、友人や親せきが彼女を訪れることはなかった。ヘルパーさんやケアマネからも同じ報告を受けている。

身寄りのない無縁の患者ばかりを受け持つ水崎のクリニックでは珍しい話ではないが、華やかなキャリアの晩年に孤独の影がなかったかと言えば嘘になる。

水崎が部屋を出て行き、家の外から戻ってきた。車から取ってきたのか、手には黒い革のバイオリンケースがあった。

バイオリンを肩にのせ、軽くうなずくように顎で固定する。瞼を閉じ、弓を動かすと哀愁漂うシャンソンの旋律が流れ出した。

エディット・ピアフの『La vie en rose（ばら色の人生）』。陽《ひ》の当たるリビングで何度もレコードから流れたメロディだ。哀《かな》しみの中にもどこか陽気さがあり、辛《つら》い人生を乗り越える力を与えてくれる。

演奏を終え、水崎がバイオリンを肩から落とした。

壁の書棚に行き、志保が編集した雑誌を抜き出し、ベッドに戻ってくる。

「見えますか？　志保さん――これがあなたがこの世に残した足跡です」

意識がなくても人の聴覚だけは最後まで残っているという――そう確信するかのように青年医師は語りかけ続ける。

「あなたのかかわった雑誌がなくなっても、紙の本を読む人が少なくなっても、その時代、あなたが全力で作ったものは、それを愛した人たちの心の中に残っているんです」

静かなリビングに水崎の声が響く。

「あなたはあなたの人生の目的を立派にやり遂げた。さみしいなんて思わなくてもいい。すばらしい人生です」

志保の目から涙が零《こぼ》れ落ち、頰を伝った。

意識のない人が涙を流すのは、眼球の粘膜に溜《た》まった水分が流れ出る生理現象と言われるが、心音には志保が本当に泣いたように見えた。

やがて志保の顎が大きく動きはじめる。たまに呼吸をさぼるかのように止まる。また再開する。だんだんと息が止まっている時間が長くなる。

血圧を表示するモニターが80、70、60と下がっていく。すでに脈がとれるかどうかさえ微妙な状況だ。

彼女が亡くなったのはそれから一時間後だった。

ずっと志保の手を握っていた水崎が立ち上がる。ペンライトで瞳孔の散大と対光反射の消失を確認した。腕時計に目を落とし、厳かに告げた。

「二十三時四十八分、お亡くなりになりました」

主治医と看護師が手を合わせる。心音が酸素マスクを外し、腕に刺さっていたサーフロを抜く。遺体を拭き清めるエンゼルケアの準備に入る。

「ひとりぼっちなんかじゃない」

クールな青年医師が泣き笑いのように顔を歪《ゆが》める。

「働いた、愛した、生きた——あんた、最高にかっこいい女じゃないか」

叔母さんの遺品

「この部屋、植物園の中に図書館があるみたいですね」

新城真《しんじょうまこと》がリビングを見回すと、女社長の高田沙希《たかださき》が言った。

「今度の仏《ほとけ》さんはおひとりさまの女性。四十四歳。漫画家だって」

二人とも青いつなぎの作業着姿だ。背中には「高田クリーンサービス」の文字がプリントされている。

「有名な漫画家なんですか?」

天井の高い部屋には、東側の壁に寄せてデスクが置かれ、採光のいい南側の窓の前には棚があり、小さな観葉植物の鉢が並べられていた。

「同人誌っていうの?　そういうのをやってたみたい」

「それ、プロじゃなくて趣味で描いてたんじゃないですか?」

真は西側の壁の前に行った。高さがゆうに三メートルはありそうな、頑丈そうな巨大な棚があった。個々の棚は三十センチ四方の特徴的なキューブ形で、本や物が詰め込まれている。

「それがね、同人誌でもマンションを買えるぐらい稼げるんだって」

　2LDKとはいえ、窓からの眺望もよく、空間に余裕があった。漫画家というのは、アマチュアでもそうとう実入りがいいらしい。

「へー、でも社長、詳しいですね」

　沙希が作業着の肩をすくめる。

「マンションの管理人から聞いたのよ」

　真は改めて棚を見上げた。漫画はもちろん、小説、ノンフィクション系の書籍も目に付く。故人は読書好きだったのだろう。

「どこで倒れてたんですか?」

「トイレでくも膜下出血。警察の話ではしばらく生きてたんじゃないかって……でも一人暮らしだし、トイレに携帯を持って入らなかったみたい」

　身体《からだ》も動かせず、声も出せないまま、個室の床にずっと倒れていたのならば辛《つら》かったろう。

「ただ発見は早かったし、最近は気温も高くなかったから、遺体が比較的きれいな状態だったのは救いね」

　真は膝をつき、書棚のいちばん下の段を見た。大判の本の背には「背景カタログ」「日常シーン集」などの文字が見えた。漫画の資料本だろう。

「誰が発見したんですか？」

「新聞配達員。ポストに新聞がたまってるのを見て、管理人に連絡したんだってさ」

高齢のおひとりさまの中には、自分の身に何かあったら気づいてもらえるよう、あえて新聞を購読したり、宅配の給食サービスを利用する人もいる。彼女にそういう意図があったのかはわからないが。

「だから、今回のウチの仕事は、遺品の整理と荷物の処分だけ」

沙希が社長を務める「高田クリーンサービス」では、孤独死した家のハウスクリーニングや遺品整理を業務の一つにしている。フローリングに染みこんだ腐乱死体の臭いや汚れを除去するのは非常に大変なので、今回は気分的に楽だった。

「彼女、どうやってあの一番上の本をとってたんですかね？　この部屋、ハシゴもなければ脚立もないのに」

真が指摘すると、沙希は部屋を見回した。

「そういえばないね」

家は2LDKだ。他の部屋も見たが、脚立らしきものはなかった。

玄関でドアが開く音がし、人の声が聞こえてきた。

「姉さん、こんなマンションを残してなんになるんだよ。さっさと売っちまおうよ」

「あんた、わかってないわねえ。ここは駅近だし、路線は都心に向かってるから賃貸に出せば稼げるのよ」

騒がしい声とともに中年の男女がリビングに入ってきた。二人の後に、眼鏡を掛けた中学生ぐらいの少女、それにマンションの管理人が続く。

「高田さん——こちら、ご遺族の方たちです」

初老の管理人が沙希に中年の男女を紹介する。

「高田クリーンサービスの高田と申します。よろしくお願いします」

化粧の厚い女性が沙希から受け取った名刺を一瞥《いちべつ》して尋ねた。

「どれくらいかかりそう？」

沙希が部屋をぐるっと見回した。

「そうですね……半日ぐらいでしょうか。夕方には終わると思います」

「そうじゃなくって、あっちの方よ。ざっくりでいいから」

親指と人差し指で丸を作る。料金のことを知りたいようだ。

「……二十万ってところでしょうか。あくまで概算ですが」

「もうちょっと安くならない？」

沙希が戸惑ったように押し黙る。

孤独死のハウスクリーニングや遺品整理業は近年、新規の業者が続々と参入していた。相場はかなり下がり、沙希の会社も利益が出るギリギリでやっている。

「それはちょっと難しいんですけど、部屋にあるものの一部をリユース業者に売却できれば、代金はお渡しできると思います」

高田クリーンサービスは遺品整理士認定協会に加盟していた。街の便利屋と違い、価値のあるものを買い取ったり、リサイクルに出して遺族に金銭を還元するのを売りにしている。

「いいじゃないか、姉さん。十五万ぐらい。どうせ遺産から払うんだし」

「あんたはそういうところが甘いのよ。あのねえ、遺産がもらえるったって、私たちは配偶者や子供じゃないんだから、相続税は割増になるのよ」

だが値切るのは難しいと悟ったのだろう、中年女性が首をすくめた。

「ま、この状況で別の業者に替えるってわけにもいかないしね」

思いのほかあっさり引き下がった。とりあえず言ってみただけなのだろう。

「姉さん、本当にこのマンションを残すのかい？　事故物件だよ。借りたがるやつなんていないよ」

「病死なんだから事故物件じゃないわよ。自殺とか殺人なら告知義務があるけど、今は老衰とか病死の場合は言わなくていいの」

ですよね、と振られ、沙希はうなずいた。

国土交通省が定めた「死の告知に関するガイドライン」では、日常生活の中で起こる自然死や事故死、または老衰を含む病死は、入居者への告知義務の対象外になっている。高齢の入居者を貸主に受け入れやすくするのが目的と言われている。

勢いを得て姉はまくしたてる。

「それに今は事故物件を気にしない人も多いの。賃貸料を安くすれば、いくらでも住みたいって人はいるわよ」

「そうかなぁ。売って現金を二人で分けた方がシンプルじゃないか？」

「不動産の市況は良くないから、今売ったって底値で買い叩《たた》かれるだけだって。大丈夫。ちゃんと計算してきたから。この立地で賃貸にしたらどれだけ稼げるか」

姉が鞄《かばん》からタブレットPCを取り出し、弟に見せながら説明を始める。

「お取り込み中、すみません」

見かねた初老の管理人が割って入る。

「先ほどもお伝えしたように、とりあえず、こちらの業者さんへのお支払いをどなたがしてくれるか、決めていただけないでしょうか」

管理人が沙希を指し示すと、中年の女性が唇を尖《とが》らせる。

「ちゃんと払うわよ。でも口座が凍結されて、まだ預金が引き出せないの」

「ご事情はわかるんですが、請求先を誰にするか教えていただかないと、高田さんに仕事をお願いできません」

姉が弟に目を向ける。

「あんた出してよ。口座のお金を動かせるようになったら渡すから、とりあえず立て替えておいて」

「姉さんが出せよ」

今度はどっちが高田クリーンサービスへの支払いをするかで揉《も》め始める。勘弁してほしかった。

「ねえ、お母さん、まだ?」

それまで黙っていた中学生ぐらいの少女が痺《しび》れを切らしたように口を開いた。大人たちの言い争いにうんざりしているようだ。

「ちょっと待ってなさい。今、おじさんと大事な話をしてるの」

「もういいじゃん」

「あんたが付いてきたいって言ったんでしょ。少しぐらい我慢しなさい」

ため息をつき、少女は本棚に行った。腰を屈《かが》め、書棚のいちばん下の段にある大判の本に手を伸ばす。

「それ、ぜんぶ漫画の資料本みたいだよ」

真が言うと、眼鏡を掛けた少女は興味深そうにパラパラと本をめくった。

「君も漫画を描くの?」

「下手《へた》だけどね。でも受験があるからお母さんがやめろって」

受験ということは、今は中三だろうか。母親があの女性では大変だろう。真は少女に同情したくなった。

「馬鹿な妹ですよ――」

背後から中年の女性――少女の母親の声が聞こえた。ウチへの支払いは弟がすることで話が決着したようだ。こちらにやって来る。

「子供のときからずっと絵ばっかり描いて……高校のとき、なんとかって漫画の賞をもらって、大学も行かずに漫画一本でやっていくって言いましてね」

「プロデビューされたんですか?」

沙希の話では、商業誌ではなく同人誌で稼いでいたようだが。

「いちおうデビューはしたみたいですよ。でも全然ヒットしなかったみたいで……一巻で打ち切り。結局それからは同人誌っていうの？　なんだか人様に見せられないようなものを描いて食べてたみたい」

母親の話を聞いていた少女が「二次創作のＢＬだよ」とつぶやく。

「ようは、いやらしい漫画でしょ？」

「叔母さん、壁サーで有名だったんだよ」

少女いわく、壁サー（クル）とは、同人誌の即売会で客の列が伸ばしやすいよう、壁際に販売スペースを与えられる同人漫画家のことで、人気サークルの証《あか》しらしい。

「あんた、行ってんじゃないでしょうね？」

「同人誌を買いあされるほどお小遣いをもらってないよ」

少女が憮然《ぶぜん》とした感じで言うと、母親が真に向かって肩をすくめて見せた。

「このコも絵を描くんですよ。まったく誰に似たのかしら。私も夫も絵なんて興味ないのに……たぶん、おじいちゃんの血ね。田舎で美術教師だったんですよ、ウチのおじいちゃん」

「そうだったんですか」

「亡くなったとき、家の中が油絵だらけ。処分するのが大変でしたよ。あんたね――」

再び娘に目を向ける。

「漫画なんて描いてたら、叔母さんみたいに一生独身で、孤独死することになるわよ」

「漫画を描くなんて言ってないよ」

「高校で美術部に入りたいって言ってたでしょ。だめよ、そういうところはオタクの人の巣窟なんだから」

「お母さんの偏見でしょ」

少女がうんざりしたように言った。

「学生は勉強第一。ちゃんとした大学に行って、ちゃんとした会社に入る。そうしたら、ちゃんとした人との出会いも待ってるの。今はわからなくても、いずれお母さんに感謝するから」

子供に言い聞かせる姿に弟が「姉さんはいつもそれだな」と笑った。

「今の時代、いい会社に入ったからって将来が保証されるわけでもあるまいし」

「あんただって似たようなもんでしょ。知ってるわよ。あんたの息子、中高一貫の私立に入れようとしてるらしいじゃない」

「ウチの勝手だろ」

「なんで親ってのは子供に自分よりいい学校に行かせたがるのかしらねえ。あんたも自分が卒業した高校や大学のレベルを考えてごらんなさい」

「姉さんはすぐそうやって人を小馬鹿にするんだ。俺よりいい大学に行ったからって、いつまでも鼻に掛けるのはやめてくれよ」

「あんたがコンプレックスを持ってるだけでしょ」

まあまあ、と再び初老の管理人が割って入る。

「ここだと業者さんの作業の邪魔になりますし、いろいろご説明したいこともあるので、管理人室の方に行きませんか。お茶でもお出ししますよ」

促すように二人を部屋から追い出す。管理人のファインプレーに真は感謝した。あの姉弟がいては仕事にならない。

少女は母親に付いていかず、部屋に残っていた。じっと本棚を見上げている。

「どうかした？」

真が尋ねると、少女が本棚のいちばん上を指さした。

「あれ——取れないかな」

位置的には棚のいちばん左隅、天井と棚の間、転倒防止ポールが設置されている空間に木箱が置いてある。

「オーケイ。取ってあげるよ」

「でもすごく高いよ」

真が沙希に目を向け、「社長、いいですよね?」と確認をとる。女社長の顔に少し苦い色が浮かぶ。

「大丈夫ですよ。この棚、転倒防止がちゃんとされているし、棚板も厚くてかなり頑丈ですから」

マンションの外に停めた車まで行けば脚立はあるが、この程度の高さなら登ってしまった方が早い。

「気を付けてよ」

上司の承認をもらい、真は改めて垂直に天井に伸びる本棚を見上げた。

(高さは三メートル。足場は——)

三十センチ四方のキューブ状の棚で、奥行きも深い。恐らく本は奥と手前、二段で詰め込まれている。大判の単行本が詰まった棚は足の置き場もないが、新書や文庫本が入った棚には手前にスペースがあった。

(最初の足場を二段目のあの棚にして……ホールドは右のあの棚で……)

事前に頭の中で登攀《とうはん》ルートのイメージを描く。ボルダリングではオブザベーション(観察)と呼ばれる作業である。

真はスポーツクライミングの選手だ。普段は遺品整理業者として働きながら、週末はコンペ（大会）に出場し、上位に入賞する実力者だ。

（よし――）

二段目の棚に足をのせ、ゆっくり体重をかける。足場はしっかりしている。大人の男がのってもびくともしない。

腕を右の上に伸ばし、棚板をしっかり手でホールドする。

頭の中でムーブのイメージができていたこともあり、鍛え上げられた体幹とインナーマッスルで九十度の垂壁をすいすい這《は》い上っていく。

「うわあー、速い」

軽やかに棚を登る青年の姿に少女が歓声をあげる。

「あのお兄ちゃんはスパイダーマンだからねえ」

真が右手を伸ばし、書棚と天井の隙間にあった木箱を摑《つか》む。大きな手と強い握力でがっちりとホールドする。

（問題はここからだ――）

中に割れ物が入っているかもしれないので下に放り投げるわけにはいかない。右手が塞がったまま、真は左手と足だけを使い、慎重に降下していく。

棚の途中まできたところで身体をひねり、腕を伸ばして下にいる沙希に箱を手渡した。

それからゆっくり床に降りた。

沙希は箱の埃《ほこり》を布で拭き取り、リビングのテーブルに置いた。留め金を外してフタを開ける。

「うわあ……」

少女が目を大きく開き、息を洩《も》らす。

箱の中に入っていたのは漫画の画材道具だった。様々な形状のペンやインク、定規や修正液などが詰まっている。

沙希が首を傾《かし》げた。

「漫画を描く道具をあんなに取りにくい場所に置いてたの？」

真もそれは思った。漫画家なら常に使うものなのではないのか。それとも実際の漫画の仕事はもうやめていたのだろうか。

「叔母さん、デジタルに移行したから使わなくなったんだよ」

少女によれば、今は液晶のペンタブレットなどを使って漫画を描くのが主流だそうだ。Gペンなどを使用しなくなったため、本棚の上にしまったのだろうと。

真は東側の壁にあるデスクを見た。パソコンと液晶のペンタブレットが置いてあった。

「ね、お兄さん。これ、私がもらっちゃダメ？」

少女にねだられ、真と沙希は顔を見合わせる。

高田クリーンサービスでは、形見品や価値のあるものをリサイクルに出品し、手数料を引いた上で遺族に金銭を還元するのを売りにしていた。ゆえに遺族（今回の場合はあの姉弟）の許可なく、勝手に私物を渡すわけにはいかない。

「いいんじゃないんですか。このコは姪《めい》だから、代襲相続だと思えば」

真が言うと、沙希が苦笑して首を振った。

「いや、あの姉弟、まだ生きてるでしょ」

おひとりさまの叔母が亡くなった場合、両親と姉弟が全員死亡していれば、姪である少女が〝代襲相続〟するが、今回の場合は存命なので当てはまらない。

「まあでも……漫画の画材なんて売っ払えって言われるに決まってるね」

二束三文でリユース業者に買い叩かれ、その売上代金は経費を差し引いて、相続人であるあの姉弟に渡される。

「真、紙袋を持ってきて」

真は玄関に行き、「高田クリーンサービス」とプリントされた大きな紙袋を持ってきた。

沙希は画材の箱を底に入れ、上に本をのせて奥が見えないようにした。

「お母さんに訊《き》かれたら、勉強に役立つ本をもらったって言いなさい」

漫画の画材と言ったら、あの母親は、置いていけ、と言うに決まってる。

「ありがとう。あ、背景用の資料ももらっていい？」

どうぞ、と沙希に言われ、少女は紙袋の空きスペースに大判の資料本を詰めた。

紙袋を大事そうに胸に抱える少女に二人は微笑《ほほえ》んだ。肉親の死よりも金のことばかり話す親を見た後だけに、少し救われた気がした。

「それ、どうするの？」

真に訊かれ、少女は何かを決心したように顔を引き締める。

「私、漫画を描く。今は受験勉強をがんばるけど……高校に入ったら漫画を描きたい」

「お母さんは反対しない？」

「漫画を描かせてくれる代わりにテストでいい点をとるって言うよ」

なるほど。交換条件というわけか。娘だけあって母親の性格をよく分かっている。

その後、管理人室から姉弟が戻ってきた。母親は娘が手にした大きな紙袋をいぶかしんだが、中身が本（カモフラージュに入れた文学書）だと教えられると、戻せとは言わなかった。

「お兄さん――」

帰り際に少女が言った。

「この家にハシゴや脚立がなかった理由、教えてあげる。その棚、もともと階段になってたんだよ」

「階段?」

真は棚に目を向けた。

「自分で棚の上を歩いて上って、上の方の棚に置くんだよ。ぜんぶの棚が埋まったから、叔母さんは階段の上から少しずつ棚を継ぎ足していったの」

真は棚を改めて見た。確かによく見たら、巨大な階段型の棚の上に積み重ねるように同じ形状の棚が置かれている。でもどうして、彼女はそれを知っていたのか?

「君、もしかして――」

真が振り返ったときには少女の姿はもうなかった。

(あのコは、木箱の中身が画材道具だって知ってたんだ……)

漫画好きの少女は、母親に内緒でこの家に遊びに来ていたのだろう。それで叔母の同人誌活動にも詳しかったのではないか。

恐らく高校に合格した後にでも叔母からあの画材道具を譲り受ける約束になっていたのだ。だが、叔母が急死してしまい、親に処分される前に取りに来たのだ。

大事そうに紙袋を抱えて帰る少女の姿が蘇《よみがえ》り、真は鼻先で小さく笑った。

（あのコは遺産の自分の取り分をちゃんと持っていったんだ……）

故人はおひとりさまだったかもしれないが、親族との豊かな交流があったのだ。その事実は、孤独死の現場に挑む一人のクライマーを温かい気持ちにさせた。

この本を読んでのご意見·ご感想·ファンレターをお待ちしております。
〒104-8357 東京都中央区京橋 3-5-7
(株)主婦と生活社 文芸・コミック編集部
「青井青先生」係

※本書は「小説家になろう」(https://syosetu.com)に掲載されていたものを、改稿のうえ書籍化したものです。
※この作品はフィクションであり、実在の人物·団体·法律·事件などとは一切関係ありません。

君の余命、買い占めました

2024年5月27日 1刷発行

著　者　青井青
イラスト　周憂
編集人　山口純平
発行人　殿塚郁夫
発行所　株式会社主婦と生活社
〒104-8357 東京都中央区京橋 3-5-7
[TEL] 03-3563-5315(編集) 03-3563-5121(販売)
03-3563-5125(生産)
[ホームページ]https://www.shufu.co.jp
製版所　株式会社二葉企画
印刷所　大日本印刷株式会社
製本所　小泉製本株式会社
デザイン　坂野公一(welle design)
編　集　松居 雅

 Printed in JAPAN ISBN978-4-391-16222-6